LA NUIT TOMBÉE

© 2012, La fosse aux ours
La fosse aux ours – 1, place Jutard – 69003 Lyon

Antoine Choplin

La nuit tombée

La fosse aux ours

couverture : *Motociclista*
Mario Sironi (1885-1961),

*En pensant à Nikolaï Fomitch Kalouguine, un père,
et à Svetlana Alexievitch qui a fait écho à sa voix*

Après les derniers faubourgs de Kiev, Gouri s'est arrêté sur le bas-côté de la route pour vérifier l'attache de la remorque. Avec force, il essaie de la faire jouer dans un sens puis l'autre et, comme rien ne bouge, il finit par se frotter les mains paume contre paume, l'air satisfait.
Une voiture le dépasse en klaxonnant et il adresse sans savoir un petit signe de la main dans sa direction. Il tire sur les pans de sa veste de cuir, referme jusqu'au menton la fermeture éclair. Après quoi, il enfourche sa moto et redémarre.
Il roule tranquillement, attentif aux reliefs inégaux de la chaussée. Parfois, il donne un coup de guidon pour éviter un nid de poule et, derrière lui, son attelage vide se met à brinquebaler méchamment avant de se recaler comme il faut dans son sillage.
La lumière est douce, tamisée par les bois de bouleaux et de résineux qui encadrent la route. Un semblant de voile, moins qu'une brume, paraît ainsi jeté sur le paysage, et on peut en distinguer le grain dans l'air. Il est plus de quatre heures, il ne tardera pas à faire froid. Gouri devrait rejoindre Chevtchenko avant la nuit.

Cela fait bientôt deux ans qu'il n'est pas revenu ici et forcément son regard balaye les espaces avec gourmandise. Il éprouve à nouveau l'attrait que la forêt a

toujours exercé sur lui, ses odeurs, ses bruissements, ses sols tendres. Il se souvient des pique-niques et des parties de football entre les arbres.
Il traverse les villages et les retrouve comme il les a quittés, gris et dispersés, sans traits singuliers. Les quelques enfants qui jouent sur les bas-côtés ressemblent à ceux d'avant, avec leurs yeux qui s'écarquillent lorsqu'ils se figent pour le regarder passer. Il y a aussi les vieillards assis, adossés à des palissades et qui profitent des dernières heures du jour.
De la rue centrale s'échappent des chemins de terre qui rejoignent des fermettes que l'on peut distinguer au loin, entourées par les champs aux teintes sombres.

Village après village, les voitures se font de plus en plus rares et à plusieurs reprises, sur cette route parfaitement rectiligne où le regard peut porter loin, Gouri se fait la remarque qu'il n'y a pas le moindre véhicule en vue.
Une dizaine de kilomètres avant Ivankiv, il s'arrête à la sortie d'un bourg pour faire le plein d'essence.
Il retire le casque trop petit qui lui serre les tempes et se frictionne le crâne.
Un homme massif et ventru, cigarette à la bouche, vient à sa rencontre. Il salue Gouri d'un mouvement de tête.
Le plein ? il demande.
Oui, fait Gouri. Et bien comme il faut. Et aussi le bidon, là.
Il se penche pour attraper un bidon en plastique dont la poignée est ficelée à l'une des parois de la remorque.

En voilà une installation, dit le pompiste après avoir introduit le pistolet dans le réservoir.
Lui et Gouri regardent la remorque et le système d'accroche qui la rend solidaire de la moto.
C'est du bricolage maison, pas vrai ? fait le pompiste.
Gouri acquiesce en silence.
Tant que ça tient, dit l'autre.
Il remplit le réservoir à ras bord, puis le bidon.
Vers la zone, pas vrai ? demande le pompiste après un moment.
Ils échangent un coup d'œil.
Dans ces coins-là, dit Gouri en baissant les yeux.
Je vois, marmonne le pompiste en jaugeant la remorque. Je serais vous, je tâcherais de faire attention.
Gouri opine vaguement.
Vous voyez la bicoque là-bas, celle au portail effondré ?
Oui, fait Gouri.
Le gars de cette maison, je l'ai vu partir un matin vers là-bas. Tout comme vous, lui aussi avec sa remorque. C'était il y a deux mois. Et vous savez quoi ? Il est jamais revenu. Envolé, le gars.
Un temps.
Allez savoir ce qui lui est arrivé. Ce qui est sûr, c'est qu'avec tous ces trafics, on en raconte de belles, reprend le pompiste. Sans compter toutes les saloperies que ça nous ramène de là-bas.
C'est pas ce que vous croyez, dit Gouri.
Le pompiste le dévisage, le front plissé.
Pour ce que j'en dis… Bon, ben pour l'essence, ça fera soixante quinze.

Gouri fouille dans sa poche et lui tend la monnaie.
Le gros homme étale les pièces sur la paume de sa main.
On dirait que le compte y est.
Immobile, il regarde Gouri fixer avec soin le bidon dans la remorque et enfiler son casque. Et puis il s'en retourne, en haussant les épaules.

Gouri atteint Volodarka avant six heures. Il gare sa moto devant l'épicerie qui fait face à l'école. Il observe les maisons, les larges rues, le pont qui enjambe la petite rivière immobile, irisée de taches huileuses. Il se souvient être venu une fois dans ce village en compagnie d'un gars, Sergueï il s'appelait, un volontaire qui avait grandi ici. C'était un soir, après avoir beaucoup bu, ils avaient cherché en vain l'hospitalité auprès d'une vieille tante dont Sergueï n'avait pas réussi à retrouver la trace. Et ils s'étaient endormis là, à côté du pont, à même la terre battue.
Une gamine se tient dans l'embrasure de la porte de l'épicerie.
Vous devriez pousser un peu votre moto, elle dit. C'est à cause des bêtes.
Au-delà du pont, la tête d'un troupeau de vaches emplit l'espace délimité par la route. Deux hommes, un jeune et un plus vieux, finissent par apparaître, guidant les animaux depuis l'arrière, par leur seul déplacement d'un côté et de l'autre.
Gouri a reculé sa moto contre le mur de l'épicerie. Les vaches passent juste devant lui, lentement, sans beaucoup de bruit.

C'est un sacré troupeau, dit Gouri alors que les dernières vaches s'éloignent.
Il paraît que c'est le plus gros de la région, dit la fille.
Gouri grimpe les trois marches vers la porte du magasin et elle s'écarte pour le laisser entrer.
Il y en a qui disent qu'il faut pas boire leur lait, dit encore la fille. Qu'il est contaminé. Et, à côté de ça, y'en a d'autres qu'en boivent tous les jours en disant que tout ça c'est des balivernes.
Gouri regarde la gamine et lui sourit.
Un drôle de mot, baliverne, il fait.
Elle le fixe avec curiosité.
Il attrape deux bouteilles de vodka sur les étagères, jette un œil sur les étiquettes et les pose sur le comptoir avec quelques pièces de monnaie.

La route sans virage jusqu'à Marianovka ondule, alternant vastes creux et bosselures. Le chant du moteur varie au gré des pentes légères.
Un panneau indique l'entrée dans Bober. Gouri se souvient que Vera a prononcé le nom de ce village. *Pour Chevtchenko, personne n'est foutu de te dire ce qu'il en est exactement. C'est pas comme Bober ou Poliskè. Là au moins, on sait à quoi s'en tenir.*
Il ralentit l'allure et observe les maisons désertées de part et d'autre de la route. Certaines fenêtres ont été brisées, des portes défoncées. D'autres sont barricadées au moyen de planches épaisses et grossièrement fixées. Par flashs, il peut néanmoins apercevoir des intérieurs tapissés et encore proprets, des décorations murales, quelques meubles.

Gouri hésite à s'engouffrer dans l'une ou l'autre des sentes latérales, certain qu'il finirait par tomber sur quelqu'un, un qui serait resté là, comme un gardien. Le crépuscule enveloppant l'incite à poursuivre son chemin. Il remet les gaz.

Après le croisement de Marianovka, il tourne plein ouest. La route devient étroite et se faufile dans la pénombre de la forêt. Gouri doit allumer son phare dont le faisceau dessine un halo tremblant et plutôt faiblard. C'est l'affaire de trois ou quatre kilomètres à peine, après quoi on pourra deviner, parmi les arbres, les premières maisons de Chevtchenko.
Le souvenir de ces lieux est encore très présent dans la mémoire de Gouri. L'arrondi de la route à l'entrée du village, la forêt moins dense puis soudain disparue, l'écheveau de ces chemins modestes semblant relier chaque habitation à chacune des autres, les proportions gigantesques du kolkhoze en brique claire.
Il roule doucement jusqu'aux premières maisons, puis met pied à terre.
Un bon moment, tandis que le moteur de sa moto continue à ronronner avec quelques sautes de régime, ses yeux humides explorent les perspectives dénuées de toute âme qui vive.

La maison de Iakov et Vera marque la fin du village, côté nord.
Pour la rejoindre, Gouri emprunte la sente goudronnée qui serpente entre les hautes herbes. Il passe devant deux autres maisons qui semblent abandonnées. À côté de la porte de la seconde, à même le mur, on a inscrit : *nous reviendrons bientôt*, d'une drôle d'écriture un peu gauche. Un peu plus loin, une troisième maison est à demi effondrée, comme par l'effet d'une poussée pratiquée contre l'un de ses flancs. Après s'étend un vaste espace sablonneux, hérissé de quelques végétaux nains et, d'assez loin, Gouri peut distinguer les volets bleus de la maison. Il remarque aussi la fumée légère qui s'échappe de la cheminée.

La façade en briquettes rouges compte trois fenêtres, deux en bas – dont l'une est faiblement éclairée – et une à l'étage. Elle est précédée par un minuscule jardinet en friche fermé par une clôture en bois de bouleau qui n'a pas été complètement écorcé. Sur le côté, un portillon ouvre sur une allée qui mène vers la porte d'entrée et aussi vers l'arrière de la maison. Gouri gare sa moto, enlève son casque. Il hésite un instant avant de pousser le portillon. Il s'avance jusqu'à la porte et frappe.

Gouri ? fait une voix de femme venue de derrière la maison.
Oui, c'est moi. C'est Gouri.
Gouri se détourne de la porte, fait quelques pas dans l'allée sombre. La silhouette de Vera apparaît, un paquet de linge sur le bras.
C'est toi ? elle dit.
Oui.
Elle tend vers lui son bras disponible. Il s'approche et elle l'attrape au cou puis elle colle sa joue contre sa poitrine.
C'est moi, répète Gouri un peu embarrassé, finissant par poser sa main sur la nuque de Vera.
Je suis heureuse que tu sois venu, elle dit.
Ils se tiennent un instant comme ça, silencieux.
J'étais en train de ramasser du linge, dit Vera en se détachant de Gouri.
Je peux t'aider.
Penses-tu.
Elle s'en retourne vers l'arrière de la maison, Gouri la suit. Il aperçoit les remises avec leurs toitures en tôle plantées au fond du terrain. Au-delà, il n'y a plus que les champs et les bois.
On dirait que rien n'a changé ici, il dit.
Elle décroche les derniers habits du fil à linge.
Tu as fait bon voyage ? demande Vera.
Ça va, oui.
Elle plie les vêtements à la va-vite, les empile dans une caisse en plastique.
Et ici, au village ? interroge Gouri.
C'est comme tu vois. Tout le monde est parti.

Tout le monde ?
Presque… T'as vu comme le jour tombe vite, maintenant ?
C'est l'automne qui pointe son nez, souffle Gouri.
On va rentrer.

Ils reviennent vers la porte d'entrée et pénètrent dans une grande pièce, vide en son centre mais cernée de toutes parts par des étagères et des meubles bricolés. Au sol, le dallage orangé présente de curieuses saillies ainsi que des fissures en plusieurs endroits. Un vaste évier côtoie un établi dont les outils ont été rangés avec soin et qui est recouvert de vaisselle. Dans un coin, un accordéon est posé dans son étui ouvert.
Tu joues toujours ? demande Gouri en désignant l'instrument.
C'est beaucoup dire.
Il lui sourit.
C'est plutôt pour Iakov, dit Vera. Il aime bien ça. Il dit que ça lui fait du bien.
Le sourire s'efface au visage de Gouri.
Iakov, comment ça va ?
C'est pas fameux. Il souffre beaucoup. Pour l'instant, il a dû s'endormir et c'est mieux de le laisser tranquille. Tu le verras à son réveil, tout à l'heure.
Elle écarte un rideau en toile épaisse, le tient ouvert le temps que Gouri se glisse dans la salle à manger.
Tu vas le trouver changé, tu sais.
Elle se dresse soudain devant lui.
Bon, alors, et toi, elle fait d'un ton enjoué.
Elle l'étudie.

Ça m'a l'air pas trop mal, comme carcasse, dit Vera. Un brin pâlot, quand même. Ce doit être l'air de la ville.
Sûrement, c'est ça, dit Gouri.
Ils se regardent, les yeux rieurs.
Et mon visage buriné au césium de la campagne, qu'est-ce que tu en penses ? demande Vera.
Tu t'en tires drôlement bien.
Allez, assieds-toi, va.

Une ampoule nue pend au-dessus de la table couverte d'une toile cirée. Gouri se glisse sur le banc, contre le mur. En face de lui, le portrait d'une femme à la peau très blanche, yeux et lèvres colorés, est punaisé sur le papier peint sali. Il semble avoir été arraché à un magazine de mode féminin. Vera pose deux verres sur la table, les remplit de vodka.
C'est vrai ça, fait Gouri, j'en ai deux bouteilles dans la remorque.
On verra ça plus tard. Commence par me goûter celle-là, c'est de la bonne.
En levant son verre, elle remarque le regard de Gouri tendu vers la photo de femme.
Cherche pas d'air de famille, c'est pas ma cousine, dit Vera.
Elle regarde à son tour.
C'est Piotr, elle dit.
Piotr ?
Tu te souviens de Piotr ? demande Vera.
Le gamin aux chats ?
C'est ça.

Un moment de silence entre eux.
Eh bien, c'est lui qui nous ramène ça, je sais pas d'où. Il nous colle ça au mur, sans même demander. Une fois, Iakov lui a dit qu'il trouvait ça plutôt pas mal et, depuis, il continue. Tu verras, dans la chambre, c'en est couvert. Remarque, ça me dérange pas. Tant que ça lui fait plaisir. Allez, buvons.
À nos retrouvailles, dit Gouri.
Oui, c'est ça, fait Vera.
Ils boivent d'un trait. Vera remplit les verres à nouveau.
Alors comme ça, Piotr est toujours par ici.
Oui. C'est un gamin étrange.
Et sa mère ?
Raïssa.
Oui, c'est ça. Raïssa.
Eh bien, un matin, elle était plus là. Partie d'un coup. Jamais revue depuis. Quand on demande au gamin s'il sait quelque chose à son sujet, si elle lui a dit quelque chose avant de disparaître, c'était l'hiver dernier, à la fin de janvier, je m'en souviens à cause des chutes de neige, il garde le silence et il te regarde d'un drôle d'air.
Elle boit une rasade de vodka.
En vérité, m'est avis qu'elle a jamais encaissé la mort d'Alexeï.
Ah oui, Alexeï. Ç'a été un des premiers.
Oui. Il est mort durant l'été 1986 à l'hôpital n° 6. N'empêche, il avait beau boire plus qu'à son tour et lui passer de méchantes peignées, elle l'avait quand même dans la peau.
Un temps.

C'est comme ça, elle dit.
Elle boit.
Ce qui m'étonne, c'est qu'on n'a jamais retrouvé son corps dans les parages. Vu le froid qu'il faisait, elle a pas pu aller bien loin. Tu bois pas ?
Si, si.
Gouri boit une petite gorgée.
Elle est bonne, il dit.
Elle hoche la tête, dans ses pensées.
Enfin, pour ce qui est de Piotr, il parle presque plus. Et c'est vrai qu'il a souvent un drôle d'air.
Pauvre gosse.
Il est souvent fourré ici. On l'aime bien, avec Iakov. Ça lui arrive de rester dormir.
Et sinon ?
La plupart du temps, il habite chez les vieux. Leonti et Svetlana. Tu dois pas les connaître. Ils vont sûrement venir manger ici ce soir, comme tous les mardis. Eux, et aussi Kouzma. Un jeune gars qu'est arrivé au printemps et qui a fini par s'installer au village. Dieu seul sait ce qu'il trafique dans la région mais c'est pas un mauvais bougre. Enfin, tu vois, on se tient compagnie.
Elle remplit les verres.
Va doucement quand même, dit Gouri. Faut que je garde mes esprits. J'ai encore de la route.
Elle le dévisage.
Alors, c'est bien vrai ? Tu retournes là-bas ?
Oui, dit Gouri.
Ce soir ?
Oui, cette nuit.
C'est seulement pour ça que tu es venu.

Gouri baisse les yeux. Et puis il pose sa main sur celle de Vera.
Tu sais bien que ça me fait plaisir de vous voir.
Elle le regarde, fait la moue, retire doucement sa main.
Et tu crois vraiment que c'est possible d'aller jusqu'à Pripiat ? Il paraît que toutes les routes sont surveillées. La zone, c'est plus comme avant, on n'y rentre plus comme ça.
Je sais, dit Gouri. J'ai étudié des itinéraires.
En pleine nuit, en plus.
C'est là qu'il y a le moins de risque.
Vera se lève, fait coulisser une porte de placard, saisit l'anse d'un seau rempli de patates. Elle le pose sur le banc, à côté d'elle. Dans le tiroir de la table qui peine à s'ouvrir, elle prend un économe et commence à éplucher les pommes de terre.
Qu'est-ce que tu veux faire là-bas de si important ? elle demande.
Gouri hésite.
Voir un peu, il dit doucement.
Voir un peu, elle répète.
Oui, la ville, le quartier.
Tu sais bien qu'il n'y a plus rien à voir. Sans parler du danger.
L'appartement, continue Gouri comme si elle n'avait rien dit. J'ai envie de revoir notre appartement. De récupérer deux ou trois choses, pourquoi pas.
Tout a été pillé, dit Vera.
On verra bien.
Elle plisse le front, l'œil sur la pomme de terre qu'elle épluche.

Tu as un deuxième économe ? demande Gouri.
Allez, reste tranquille, va. Tu prendras le temps de manger avec nous, au moins ?
Oui. Et de voir un peu Iakov aussi. Ça fait drôlement longtemps.

Tandis que, quelques instants plus tard, Vera s'affaire au-dessus de l'évier de la grande pièce, Gouri glisse dans son dos sans un mot et sort de la maison.
Dehors, le silence est parfait.
En deux ou trois manœuvres, sans mettre le moteur en marche, il cale sa moto et la remorque au plus près de la palissade.
La lune presque pleine s'est élevée dans le ciel limpide et pose sur les choses une lumière laiteuse. Là-bas, le village abandonné est un décor de cinéma.
Gouri marche un peu sur la route défoncée, tournant le dos aux maisons. Bientôt, le couvert des arbres s'épaissit et le plonge dans l'obscurité. Il ralentit le pas. Il songe à ce voyage, à son retour à Pripiat et sa poitrine se serre un peu. Il étire les bras vers le haut et joint les mains, paume contre paume. Après quelques secondes, il prend conscience de sa posture, celle d'un homme semblant prier le ciel et il sourit en lui-même.
Il glisse les mains dans ses poches.
Gouri !
C'est la voix de Vera.
Gouri, tu es par là ?
Oui, là, sur la route.
Il aperçoit sa silhouette devant la maison, à une centaine de mètres. Elle se met en marche vers lui.

Je me demandais, elle dit.
Je me dégourdis les jambes, dit doucement Gouri.
Ils se retrouvent l'un en face de l'autre, devinant à peine les contours de leurs visages. Ils se tiennent un temps immobiles puis se remettent lentement en marche vers la maison.
Et Tereza ? demande Vera.
Tereza…
Tu lui as dit ton intention de te rendre à Pripiat ?
Non. Tereza s'inquiète de tout. La peur ne quitte jamais son visage, même durant son sommeil. C'est comme ça depuis que Ksenia est malade.
Malade, Ksenia ?
Oui.
Ils restent silencieux un temps, continuent à marcher. Ils dépassent la maison.

Je me souviens de la première fois que je l'ai vue, dit Vera. C'était au marché d'Ivankiv, quelques semaines avant les événements. Elle disputait des parties d'échecs contre plusieurs joueurs en même temps. Debout, elle passait d'un échiquier à l'autre, s'arrêtant à peine pour jouer son coup. En face d'elle, il y avait une dizaine d'hommes sérieux et concentrés. Elle portait une barrette à cheveux ornée d'une grande fleur bleue. Tu parles d'une gamine. Je m'en souviens bien. Autour, des dizaines de gens la regardaient comme moi, la bouche ouverte. Et, au bout d'un moment, les uns après les autres, les joueurs lui tendaient la main et ça voulait dire qu'ils abandonnaient le combat. Elle a gagné toutes les parties.

Quand le dernier lui a serré la main, il y a eu des applaudissements.
Oui, je me rappelle la simultanée d'Ivankiv, dit Gouri. Elle avait vraiment bien joué.
En revanche, je ne me souviens pas de toi ce jour-là, dit Vera en souriant. Quand nous nous sommes connus, quelque temps plus tard, je suis bien sûre que c'était la première fois que je voyais ton visage.
C'est Ksenia que tu as reconnue tout de suite, le jour où nous sommes arrivés chez vous. La petite championne d'échecs, tu l'as appelée.
Ksenia, dit Vera après un temps de silence.

Ils font encore quelques pas puis Vera dit qu'elle a froid et qu'en plus il est temps de mettre les patates à cuire. Ils s'en retournent vers la maison.
Devant le portillon se tient une silhouette maigre et dégingandée.
Voilà Piotr, dit Vera.
Salut Piotr, elle fait.
Il ne répond pas. Elle et Gouri s'approchent.
Tu te souviens de Gouri ?
Bonsoir Piotr, dit Gouri en tendant la main.
Les yeux grands ouverts de Piotr brillent dans l'obscurité. Il reste immobile et, après un moment, la main tendue de Gouri finit par retomber contre sa hanche. Tranquillement, Piotr se détourne et s'éloigne en direction des maisons.
Il est étrange parfois, murmure Vera tandis que Gouri attrape les deux bouteilles de vodka dans la sacoche de sa moto.

Après avoir plongé les patates dans l'eau et allumé le feu sous la marmite, Vera disparaît dans le petit couloir qui s'échappe de la pièce à vivre. En se penchant un peu, Gouri la regarde manœuvrer doucement la poignée de la porte du fond et passer le nez par l'entrebâillement. Elle prononce quelques mots qu'il ne peut saisir. Puis elle revient en laissant la porte entrouverte.
Il est réveillé, tu peux aller le voir.
Gouri se lève du banc. Vera lui pose la main sur l'épaule.
Tu vas le trouver changé.
Il hoche la tête et s'avance dans le couloir.
Iakov, lance Gouri à voix basse.
Il n'obtient pas de réponse.
Iakov, dit-il encore en posant la main sur la poignée de la porte.
Entre, Gouri.

Il pousse le battant et découvre Iakov. Il est couché sur le côté, un bras couvert de bandages posé sur la couverture. Sa tête est relevée par deux oreillers empilés.
Iakov, souffle Gouri.
Le visage est méconnaissable. Il a perdu ses cheveux et la peau du crâne est diaphane, laissant voir en plusieurs

endroits l'épaisse saillie des veines. L'un de ses yeux est presque fermé, comme celui d'un boxeur après un combat. Les joues sont creuses, les lèvres curieusement retroussées, les mâchoires crispées.
Iakov, dit encore Gouri d'une voix plus assurée.
Il s'approche du lit et attrape la main que Iakov lui tend.
Je sais bien que je suis pas beau à voir, dit Iakov.
Gouri ne dit rien.
Pendant plusieurs semaines, Vera a dissimulé le miroir de la maison pour m'éviter le spectacle de ma trombine. Mais j'ai fini par remettre la main dessus.
Elle doit faire du mieux qu'elle peut pour prendre soin de toi, dit Gouri.
Assieds-toi.
Gouri tire la chaise vers le lit et s'assoit. Sous la fenêtre, sur le plateau de la commode en bois clair jonché de taches de cire, vacille la flamme d'une bougie. Une lampe de chevet renversée près du lit à même le sol est elle aussi allumée.
Alors, et toi, demande Iakov.
Comme tu vois.
Pas trop mal, on dirait.
J'ai de la chance. Plus de chance que toi. Plus de chance que Ksenia aussi.
Ksenia, ta fille ?
Oui.
Un temps.
Et merde, lâche Iakov.
Gouri fixe un instant Iakov puis lève les yeux vers le mur couvert des visages de femmes apportés par Piotr.

Ça t'en fait des amoureuses, dit Gouri en souriant.
C'est Piotr qui m'amène ça.
Oui, je sais.
Je passe du temps à les regarder. Bien droit dans les yeux. J'ai l'impression qu'on se connaît, parfois. À la longue, tu comprends.
Gouri fait oui de la tête.
Je suis content que tu sois venu. Ça faisait longtemps.
Deux ans, hein.
Oui. La dernière fois… commence Gouri.
La dernière fois, interrompt Iakov, c'était au pont.
C'est ça. Au pont. La nuit au pont
Ah, fait Iakov. Ce qu'on s'était mis.
Tu te souviens comme on avait chanté. Des heures, on avait chanté.
Ah.
Y'avait aussi Pavel, Stepan, Ivan.
Et aussi Grigori.
Ah oui, Grigori. Mais lui, c'est pas pareil, il a pleuré toute la nuit.
C'était un fragile, Grigori.
N'empêche, pour ce qui était des travaux durs, on pouvait compter sur lui.
Je sais, dit Iakov. Je suis allé plusieurs fois sur le toit avec lui. Il voulait toujours mettre un ou deux coups de pelle de plus que les autres. Il dépassait les quarante secondes à chaque coup.
Tu sais ce qu'il est devenu ?
Non, pas vraiment. Une fois, j'ai entendu dire qu'il était devenu à moitié fou. D'après Stepan, on l'a vu

traîner dans la zone, c'était avant l'hiver dernier du côté de Krasnè. Il chassait par là.
Gouri plisse le front.
Et les autres ?
Ça continue tant bien que mal. C'est Stepan qui s'en sort le mieux, il passe par ici de temps en temps.
Soudain, Iakov tressaille et se met à tousser tout en grimaçant, une petite toux douloureuse, la bouche tenue fermée. Sa main serre le drap. Gouri demande s'il peut faire quelque chose, Iakov fait signe que non, ça va passer.
Au bout d'un moment, Iakov respire profondément, deux ou trois fois.

Après le pont, tu as bien fait de partir, il dit.
Je sais pas. Je m'en suis souvent voulu, dit Gouri.
Tu n'avais pas à t'en faire, on t'a donné ce travail d'écrivain public à Kiev. C'était quelque chose.
Quand même.
C'était pour les volontaires qui avaient servi ici, c'est bien ça ? De la centrale, des gars de Pripiat, des villages…
Des paumés, fait Gouri. Des sans-logis, souvent séparés de leur famille et, pour la plupart, bourrés de röntgens.
T'as dû en dépanner, fait Iakov.
Disons que ça leur faisait du bien de raconter leur histoire. Les courriers administratifs, les lettres que j'écrivais pour eux, c'était souvent que des prétextes à causer.
T'as dû en entendre de belles.

Gouri acquiesce d'un mouvement de tête et son regard devient soudain lointain.
T'as dû en entendre de belles, répète Iakov.
Gouri se raidit sur sa chaise, inspire une bonne goulée d'air.
Oui, enfin, c'est pas pareil. C'est Kiev, la ville. On est loin de tout ça, au fond. Toi, avec les autres, tu es resté ici. J'aimerais que tu me racontes ça, Iakov.
Gouri remet la lampe de chevet d'aplomb sur son pied.
Tu m'excuseras, dit Iakov, mais je ne supporte plus la lumière. Ça me colle la migraine.
T'inquiète pas, ça va bien comme ça, dit Gouri.
Iakov se redresse avec difficulté sur ses oreillers. Gouri se penche vers lui mais Iakov fait signe qu'il n'a pas besoin d'aide.
Tu te souviens de la discussion avec Piotr, au sujet des chats, demande Iakov d'une voix troublée par l'effort.
Ça oui, je m'en souviens.
Tu lui avais expliqué que ses chats, tous ses chats, il disait qu'il en avait plus de dix, eh bien, tous, il faudrait les zigouiller.
C'était pour la sécurité.
Tu lui avais expliqué ça.
Myrtille, Poupoule, Jupiter, San Francisco... Je me rappelle encore les noms de certains.
Pépin, Saucisse...
Ah oui, aussi.
Piotr, il t'avait sauté dessus, dit Iakov. Dehors, devant tout le monde, il t'avait attrapé les cheveux et griffé au visage. T'avais même saigné, je me souviens.

Pauvre gosse, dit Gouri. Il devenait fou à l'idée qu'on lui tue ses chats. J'avais seulement essayé de lui expliquer.
C'était la veille de notre soirée au pont. Après, tu es parti pour Kiev.
Oui, c'est bien ça.

Moins d'une semaine plus tard, c'était tôt le matin, deux camions militaires sont arrivés ici au village. Une huitaine de gars sont descendus et le chef a pris la parole pour dire qu'ils recrutaient des hommes pour nettoyer la zone. Que s'engager pour ce travail, c'était ni plus ni moins faire son devoir de citoyen. Nous on était là, avec Pavel et Stepan. On a dit qu'on avait déjà bossé au réacteur. Le chef nous a d'abord félicités et, après, il a souri en disant que ce qui nous attendait maintenant n'avait rien à voir. Ce serait du gâteau à côté de ce qu'on avait fait. En plus, on toucherait double solde pour le boulot. C'était une aubaine pour nous. On s'est regardés et on a dit oui en moins de deux. Il nous a fait signer un papier et il a dit qu'il reviendrait nous chercher plus tard dans l'après-midi. Qu'on partirait en mission pour une semaine et après ça, on verrait bien. On a préparé des affaires sans trop savoir. Aussi, on a prévenu Ivan qui nous a rejoints depuis Marianovka. Plus tard, les deux véhicules sont revenus et le chef nous a rassemblés, nous tous, les nouveaux volontaires. On devait être une quinzaine de gars. Il a dit deux mots de ce qu'il y aurait à faire, mais surtout il a parlé du travail de patriote que c'était et de la reconnaissance que ça nous vaudrait. Il a donné aussi des consignes de sécurité et de protection. Il a expliqué le fonctionnement d'un dosimètre en disant qu'il n'y en aurait pas pour tout le monde. Mais, pour ce qui était des gants et des bottes, ils seraient fournis gracieusement à chacun. Sans parler des armes.

À ce moment-là, on a entendu des coups de feu. Ça venait de pas loin, quelque part, dans le village. Le chef a levé ses deux mains pour nous rassurer. « Sûrement des animaux errants », il a dit. Il a plissé le front. « Faut savoir que c'est ça qui nous ramène les pires saloperies. Les clébards et les matous. Alors là-dessus les gars, y'a même pas à réfléchir », et il a passé l'ongle de son pouce sous sa gorge, d'une oreille à l'autre.

Après, les autres gars sont revenus et on est montés avec eux dans les camions bâchés. Ils nous ont dévisagés avec un air de défi. Ils ont même pas été foutus de nous saluer. L'un d'eux nous a demandé en rigolant si on avait bien enfilé nos slips en plomb. Il y a eu quelques rires et le camion a démarré.

Vers l'arrière, par l'ouverture laissée entre les deux pans de bâche, on a vu défiler les maisons du village. On est passés juste là devant, sur la route. Et, comme on s'éloignait, j'ai bien vu notre maison, malgré la poussière soulevée par le camion. J'ai vu Vera, debout contre le portillon, la paume de sa main gauche collée à la bouche et les yeux comme des billes. Et à ses pieds, j'ai vu Piotr agenouillé, les fesses sur les talons, les mains posées sur le haut des cuisses. Juste devant lui, j'ai vu les deux chats morts. Disons plutôt, les deux bouillies de chats. Ma parole, ça m'a fait de la

peine. J'ai pas réussi à détacher mes yeux de ça de toute la grande ligne droite qui part vers le nord si bien que, à la fin, c'était plus que des points minuscules et mes yeux étaient pleins de buée. J'ai senti le regard de Pavel assis en face de moi dans le camion et j'ai baissé le front. On s'est jamais rien dit au sujet des chats de Piotr, avec Pavel.
Iakov garde le silence un moment.

C'est comme ça qu'on est partis. On n'en savait rien à ce moment-là, mais ç'a duré des mois. Jusqu'à l'été d'après, ç'a duré.
Vous rentriez au village quand même ? demande Gouri.
Ah, pour ça oui, on rentrait. Enfin, pour ceux qui avaient un endroit où aller. C'est sûr que nous, on avait la chance d'être pas trop loin. Chaque quinzaine, même chaque semaine des fois, on revenait au village, juste le temps de tout bien laver comme il faut et aussi de dormir notre saoul.
Un temps.
C'était pas facile.
Tu parles, dit Gouri en guise d'approbation.
On en a bavé.
Gouri hoche la tête et plusieurs secondes s'écoulent dans le silence. Les doigts de Iakov jouent avec le drap.
Les premiers jours, on nous a emmenés du côté de la forêt rousse.
Vers Pripiat, dit Gouri.
Oui, entre Pripiat et la centrale. Tu te souviens de cet endroit ?

Oui, fait Gouri. Il n'y a pas longtemps, quelqu'un m'a dit que là-bas, certaines nuits, les arbres se mettaient à rougeoyer.

J'ai vu ça de mes propres yeux. On a vu ça, avec les gars. Un truc étrange. Tu regardes ça et même si t'as une grande gueule je peux te dire que ça te ferme le clapet. Même Stepan, il a pas été foutu de l'ouvrir pour nous faire une de ses plaisanteries à lui.

Gouri plisse le front.

Ça te ferme le clapet, continue Iakov, et ça te met aussi dans un drôle d'état. Cette fois-là, on devait regarder ça depuis dix bonnes minutes, quand un de nos gars, Koptanovitch il s'appelait, s'est levé et s'est mis à marcher vers la forêt, comme ça, sans rien dire. Au bout d'un moment, quelqu'un a dit, hé, Kopta, qu'est-ce que tu fous mais Kopta n'a pas répondu et il a continué à s'éloigner vers la forêt. Les premiers arbres étaient à une centaine de mètres de nous. On s'est tous mis à crier pour rappeler Kopta mais il s'est pas arrêté. Alors, avec trois autres gars, on s'est levés à notre tour et on est partis en courant vers lui. On l'a rattrapé au moment où il entrait sous le couvert des arbres et quand on l'a pris par le bras pour le ramener, je peux te dire que ça nous pinçait déjà rudement la langue.

Autant que sur le toit ?

Je sais pas. C'est pas pareil, sur le toit, on était quand même protégés. On avait les masques. Là, on avait rien du tout. Ce qui est curieux, c'est que Koptanovitch n'a jamais pu expliquer ce qui lui avait pris.

Le chant des sirènes, dit Gouri après un instant.

Ouais, c'est marrant, j'ai pensé à ça moi aussi. Ces choses qui t'envoûtent.
Un temps.
On est restés dans ce coin-là une vingtaine de jours mais jamais on a revu la forêt briller aussi fort que ce soir-là. Faut dire que le plus souvent, à la fin de la journée, on revenait au camp du côté de Detvatké plutôt que de traîner par là-haut.
Iakov s'interrompt, se racle la gorge avec peine. Gouri lui demande s'il veut un peu d'eau, Iakov lui fait signe que non. Gouri dit que s'il préfère se reposer un peu, il peut le laisser tranquille avec toutes ces histoires.

Je me souviens du premier jour, continue Iakov comme si Gouri n'avait rien dit. On nous a emmenés dans un champ vers ces coins-là, près du village de Tchestoganivka. On était une douzaine, peut-être un peu plus. Le chef a expliqué ce qu'on avait à faire. Il a dit, et je te jure que c'est exactement ce qu'il a dit : les gars, on va enterrer ce champ. On l'a regardé sans comprendre, et il a répété les mêmes mots. Enterrer le champ. Alors, ce qu'il faut faire, a fini par demander l'un d'entre nous, c'est ni plus ni moins qu'enterrer la terre. Et le chef a dit que c'était exactement ça. Enterrer la terre. Autrement dit, enlever la couche supérieure du champ et l'enfouir profondément. Et après, répandre partout, à la place du sable de dolomie, un truc d'un blanc tel que tu te serais cru sur la lune. Voilà, c'était ça le boulot. Et c'est ce qu'on a fait. Le champ, ça nous a pris trois jours. Tu travailles

lentement pour pas trop remuer la poussière. Et puis avec les masques, t'es essoufflé en moins de deux. Alors c'est normal, ça prend du temps.
Ses doigts lissent le drap, plusieurs fois, puis l'agrippent, le triturent encore, le lissent à nouveau.
Le soir, au camp, on nous donnait de la vodka et grâce à ça, on oubliait la fatigue. C'est curieux, quand on y pense, mais on était plutôt joyeux. On était fatigués c'est sûr, mais ça empêchait pas. On a même sacrément rigolé avec Stepan et ses imitations. Pavel, lui, il nous a chanté des chansons et Ivan l'accompagnait avec une guitare imaginaire. Il a aussi récité des poèmes presque tous les soirs. Plusieurs fois, il a récité les tiens, et alors forcément on a pensé à toi. On a pensé à Kiev aussi parce que c'était là que tu te trouvais, aux bruits de la ville, aux femmes.
Moi aussi, j'ai souvent pensé à vous, dit Gouri.
Iakov lève les yeux vers lui.
J'ai écrit en pensant à vous, dit encore Gouri. Des poèmes, des chansons aussi. J'en ai même appris quelques-unes à Ksenia.
Je me souviens de la fois où elle avait chanté avec Vera. Elle avait une façon de bouger la tête en chantant, avec ses cheveux qui allaient d'un côté et de l'autre. Et de rigoler en même temps.
Elle aime bien chanter, Ksenia. Encore maintenant.
Ils se taisent un moment. Gouri regarde les portraits de femmes accrochés au mur, avec un léger sourire.
Des bruits de voix leur parviennent.
Ce doit être les vieux, dit Iakov. Vera t'a parlé d'eux ?
Oui. Enfin, à peine.

Leonti et Svetlana. Ils étaient d'un village pas loin qui a été entièrement évacué. Après quelque temps, ils ont atterri ici et ma parole la seule idée qu'ils ont, c'est de retourner chez eux. Leur maison a été pillée et même en partie incendiée mais ça empêche pas, dès qu'il peut Leonti se rend là-bas et, jour après jour, il remet tout ça d'aplomb. Et tu vas voir qu'il va finir par y arriver. Parce que ce qu'ils te répètent, c'est qu'ils veulent finir leurs jours là-bas et nulle part ailleurs. Qu'est-ce que tu veux y faire.
Ça peut se comprendre, murmure Gouri.
Où qu'ils iraient de toute façon ?

Iakov secoue la tête sur l'oreiller.
Bon Dieu, qu'est-ce qu'on a pu en évacuer des pauvres gens de tous ces coins. Si t'avais vu ça. Des villages entiers. Enterrer la terre, évacuer les gens… Des fois, je me suis demandé si on allait pas nous demander de les enterrer eux aussi, avec le reste.
Iakov se redresse dans son lit, tant bien que mal.
Je me souviens d'une vieille femme, il dit. C'était du côté de Ritchetsya.
Ritchetsya, répète Gouri pensif.
C'était tes coins, pas vrai ?
Oui.
Eh bien, je serais toi, j'attendrais un peu avant d'y remettre les pieds. C'est un secteur qu'a été salement arrosé. Un des pires qu'on ait eu à se farcir. À certains endroits, je me souviens, on n'arrivait même pas à croire ce qu'affichaient les dosimètres. Même, dans les jardins, tu voyais briller des taches violacées. Des

flaques de césium, que c'était. J'en ai jamais vu autant que là-bas.

Gouri, les yeux écarquillés.

Bref, continue Iakov, nous, ce qu'on avait à faire ce jour-là, c'était quadriller les lieux et vérifier que tout le monde avait bien foutu le camp. On s'était réparti le village avec les gars. On allait par deux, moi avec Pavel. On marchait doucement, l'un à côté de l'autre. Il tombait une drôle de pluie. C'est Pavel qui a remarqué ça. Il a dit t'as vu ça, la pluie. On dirait qu'elle est noire. Et j'ai regardé à mon tour et c'était exactement l'impression que ça faisait. La couleur noire de la pluie, ça, je m'en souviens. On a regardé ça un moment sans rien dire, en guettant les traces sombres de la pluie sur nos manches de vestes. On a marché comme ça de maison en maison. À chaque fois, on appelait. Y'a quelqu'un, qu'on gueulait deux ou trois fois et l'éclat de nos voix dans le silence, ça nous flanquait presque la trouille. Après, on jetait un coup d'œil à l'intérieur. S'il fallait, on défonçait une porte ou une fenêtre. À chaque fois, de rentrer là-dedans, ça nous faisait battre le cœur un peu plus fort. Certaines maisons avaient été entièrement vidées mais d'autres étaient encore bien meublées, avec même des bibelots sur les étagères, des photos de famille accrochées au mur, des fruits rabougris et noirâtres dans leur corbeille. À l'intérieur, on poussait les portes pour vérifier et puis on décampait.

C'est après plusieurs maisons qu'on est tombés sur la vieille. Elle se tenait immobile devant sa porte, un fichu coloré couvrant sa tête. On s'est tenus en face d'elle un long moment, sans rien dire. C'est Pavel qu'a fini par dire quelque chose. Je ne sais plus quoi, je me souviens qu'il l'a appelée grand-mère. Quelque chose comme alors, grand-mère, on prend le frais. Elle a rien dit. Je me suis approché, et je lui ai dit qu'elle ne pouvait pas rester ici, dans ce village. Que c'était dangereux. Que d'ailleurs, à part elle, tout le monde était parti. Foutez-moi la paix, elle a dit d'une voix ferme. C'est vous qu'avez rien à faire ici. Partez. Pavel s'est approché à son tour. C'est qu'on a des ordres, grand-mère, il a dit. On doit évacuer tout le monde. Sans exception. Foutez-moi la paix, a répété la vieille. Et elle a poussé la porte de sa maison, est entrée, a refermé derrière elle. Avec Pavel, on s'est regardés sans rien dire. Et ma parole, on était ni plus ni moins que deux cons. Après un moment, on s'est quand même approchés de la porte, on a frappé et on est entrés sans attendre de réponse. La vieille se tenait juste là, tapie dans l'ombre, et elle s'est jetée sur Pavel en hurlant, sortez, foutez le camp d'ici. Pavel l'a saisie aux poignets et, d'une voix douce, il a dit que dans cette histoire personne n'avait le choix. Qu'elle devait venir avec eux. Qu'elle pouvait prendre quelques affaires, si elle souhaitait. Mais qu'après elle n'avait rien à craindre, on lui fournirait tout ce dont elle avait besoin. Mais la vieille a continué à se débattre et même elle a mordu Pavel au bras si bien qu'il a dû la lâcher. Elle hurlait sans discontinuer, foutez le camp, dégagez d'ici. Je crois bien que sans la morsure au bras, c'est ce qu'on aurait fini par faire. Mais voilà, Pavel, il a vu rouge et il est revenu à la charge. Il m'a dit de la prendre aux chevilles tandis qu'il la reprenait aux poignets. On est sortis comme ça devant la maison, sans trop savoir ce qu'on faisait. Quand j'y repense. Quelle misère que c'était. On a marché comme ça dans un sens puis dans l'autre, en transportant la vieille comme on l'aurait fait avec un cadavre. Ça a pris du temps, mais elle a finalement cessé de crier et de se débattre. Après, elle s'est mise à pleurer doucement et alors je lui ai lâché les pieds et elle s'est tenue debout. On est restés longtemps immobiles, sous la pluie. Et puis je lui ai demandé si elle voulait emporter des affaires et, après un moment, elle a fait oui de la tête. Lentement, on est retournés chez elle, elle au milieu de nous. À l'intérieur, elle a désigné un gros sac et on a compris qu'elle avait déjà préparé tout ce qu'elle voulait emmener avec elle. Elle a aussi désigné une machine à coudre. Je me souviens de la marque, c'était une Singer. Je lui ai dit que ça, c'était trop lourd et trop volumineux pour que nous puissions l'emporter avec nous. Elle a dit que c'était juste pour la transporter à l'arrière de la maison. J'ai préparé un trou, elle a dit. Un trou ? a demandé Pavel. Oui, un trou. Pour l'enterrer. Vous voulez enterrer votre machine à coudre ? a encore demandé Pavel. Elle a dit oui. Vous ne direz rien à personne, n'est-ce pas ? On s'est regardés avec Pavel et on a juré qu'on ne dirait rien. On est passés derrière la maison en portant la machine à coudre et la vieille nous a suivis. Elle nous a montré le trou et on a posé la machine dedans. Puis la vieille a pris une pelle et a versé la terre sur la machine. On l'a regardée faire en silence et puis Pavel lui a pris la pelle des mains pour faire le boulot à sa place. Quand ç'a été fini, après que la terre ait été tassée comme il faut, on est revenus du côté de l'entrée. J'ai chargé le sac sur mon dos tandis que, sans pleurer mais avec des gestes pleins de lassitude, la vieille a fermé sa porte et mis un tour de clé. On s'est éloignés tous les trois, avec toujours cette pluie noire qui dégringolait.

Pendant le récit de Iakov, Gouri s'est un peu incliné vers le lit. Ses coudes sont posés sur ses genoux et ses mains sont jointes, doigts entrelacés. Il ne lève les yeux sur Iakov que par intermittence.

C'est drôle, reprend Iakov après un temps, mais je l'ai revue, la vieille femme. C'était quelques semaines plus tard, le jour de la Toussaint. Pour cette occasion, il y avait eu des autorisations spéciales données à ceux qui voulaient revenir du côté de chez eux. Pour la plupart, les maisons restaient interdites d'accès mais il était permis de s'approcher un peu. À Ritchetsya, on avait tout bouclé mais on pouvait quand même aller jusqu'aux entrées du village pour regarder. La vieille est venue. Je l'ai vue descendre d'une voiture conduite par un homme jeune qui est resté au volant. Elle s'est approchée au plus près des barrières que nous avions installées. Elle a essayé plusieurs postes d'observation, le cou tendu pour mieux voir. Mais sa maison à elle était trop éloignée. Il lui aurait fallu marcher au moins cent ou deux cents mètres vers le centre du village pour l'apercevoir. Elle est restée un moment, à regarder quand même, en compagnie de quelques personnes qui presque toutes lui ont serré chaleureusement les mains.

Sans bruit, Vera a poussé la porte de la chambre. Elle a fait deux pas vers le lit et a posé ses mains sur les épaules de Gouri qui n'a qu'à peine tressailli.
Iakov lève les yeux vers Vera.
Le repas va être prêt, elle dit. Leonti et Svetlana mangeront avec nous. Kouzma aussi, sans doute.
Gouri tourne à demi la tête vers Vera et acquiesce.
Tu pourras te lever, mon Iakov ? elle demande.
Ça ira, il fait.
Elle l'observe un instant, un vague sourire dans les yeux.
Nous boirons la vodka de Gouri, elle dit. N'est-ce pas, Gouri ?
Gouri hoche la tête.
Vera fait un pas en arrière puis elle quitte la pièce, doucement, comme elle est venue.
Il y aurait tellement de choses à raconter, dit Iakov après un moment.
Oui, bien sûr, dit Gouri.
Mais, tu vois, ce qui m'inquiète aujourd'hui, c'est ça.
Du menton, il désigne son bras couvert de pansements.
Cette peau qui part en lambeaux sans qu'on puisse rien y faire. C'est pareil dans le dos. Et aussi vers les hanches et les cuisses.

Gouri, les sourcils froncés.

C'est sûr, ça m'inquiète, continue Iakov. Et Vera, je sens bien que ça l'inquiète elle aussi.

Et les médecins, qu'est-ce qu'ils en disent ? demande Gouri.

La main de Iakov se soulève de quelques centimètres et retombe sur le drap.

Rien. Ils savent rien. Ils savent juste te faire des piqûres pour avoir moins mal.

Ils gardent un temps de silence.

Tu sais quoi, dit soudain Iakov. Stepan m'a dit qu'ils ont commencé à distribuer des médailles aux volontaires. Des médailles et aussi des diplômes. Tu as entendu parler de ça ?

Non.

D'après Stepan, ils vont venir me voir ici bientôt pour me remettre ça. C'est ce qu'ils font avec ceux qui sont malades. Ils se rendent chez eux pour leur remettre leur décoration. Quelquefois, il paraît qu'ils organisent aussi des sortes de cérémonies dans les villages.

La patrie reconnaissante, dit Gouri avec gravité.

On verra bien, murmure Iakov.

Ses doigts jouent avec le drap tandis qu'ils demeurent silencieux. Gouri se redresse sur sa chaise.

Alors tu retournes là-bas, finit par dire Iakov.

Oui.

Chez toi, à Pripiat.

C'est ça.

Je te comprends, dit Iakov après un instant. Je crois qu'à ta place j'aurais envie moi aussi de revenir chez moi. Retrouver mon coin, ma rue, ma maison, même détruite ou pillée. Juste aller là-bas, voir un peu et me souvenir comment c'était avant. Hein, Gouri.

Il y a de ça.

C'est dommage de devoir y aller de nuit. Mais c'est sûrement la seule façon.

C'est ce qu'on m'a dit.

C'est dommage, répète Iakov. Tu te rends compte. Être obligé de se cacher pour revenir chez soi. Même pas pouvoir flâner au soleil dans les rues de son quartier.

Oui, c'est vrai. Enfin, c'est pas tellement pour ça que je vais là-bas.

C'est pourquoi alors ?

Pour une chose.

Iakov fixe Gouri en plissant le front.

Une chose que je voudrais récupérer.

Récupérer ? J'imagine que tu sais que tout a été pillé à Pripiat. Tous les appartements, pour ainsi dire. Y'a plus rien.

Oui, je sais. Mais ça, ça doit y être encore.

Tu veux me dire quoi ?

Tu vas pas comprendre, bredouille Gouri.

Iakov ne dit rien.

C'est une porte, que je voudrais récupérer. Une des portes de notre appartement. Celle de la chambre de Ksenia.

Iakov observe Gouri. Il dit que, effectivement, c'est une idée curieuse.

Une porte, il dit encore, songeur.

Il y a pas mal d'inscriptions dessus, dit Gouri. Des

choses que nous avions écrites ou dessinées, Ksenia et moi. Un peu de poésie, des mots comme ça.
Un temps.
Il y a aussi les marques de sa taille, pour chaque anniversaire de son enfance.
Ah oui, marmonne Iakov.
Un long temps de silence.

Et puis il y a ce qui s'est passé avec mon père. Je t'ai déjà parlé de ça, Iakov ?
Non.
Mon père aimait le petit square Pouchkine, pas loin du centre de Pripiat. Dans ses dernières années, il s'y rendait presque chaque jour et, si le temps n'était pas trop mauvais, il s'asseyait sur un banc pour regarder les gens et, à la belle saison, respirer le parfum des roses. On venait facilement s'asseoir à ses côtés pour échanger quelques mots, demander des nouvelles. On l'aimait bien mon père, dans le quartier. Plusieurs fois, il m'a dit qu'il aimerait qu'on l'enterre ici, dans le square, sous les massifs de fleurs. Évidemment, c'était impossible. Mais après sa mort, la veille de l'inhumation, on l'a quand même transporté là-bas. On a dégondé la porte de Ksenia et on l'a recouverte d'un drap blanc. On a couché mon père dessus et on l'a emmené au square. On a posé la porte sur une paire de tréteaux et le corps est resté là pendant une heure ou deux, allongé dessus, vêtu de ses plus beaux habits. C'était juste à côté des roses et les gens du quartier sont venus pour lui faire un dernier salut.

Iakov hoche la tête, les paupières mi-closes et un long moment s'écoule.

Et comment tu vas t'y prendre pour ramener ça ? Parce que tu es venu en moto, n'est-ce pas ?

Oui. J'ai une remorque avec un bon système d'accroche que j'ai bricolé spécialement pour ça.

Alors ça va, fait Iakov.

Une fois encore, le regard de Gouri inspecte le mur au-dessus du lit de Iakov, se posant sur un portrait de femme puis un autre.

Laquelle tu préfères ? il demande.

Iakov met un instant à comprendre qu'il parle des visages de femmes.

Ça dépend des jours, il dit. Celles qui me plaisent quand ça va, c'est pas les mêmes que celles qui me plaisent quand ça va pas.

Et il regarde à son tour vers le mur, en se tournant un peu.

Tu vois celle-là, fait Iakov en désignant une photographie, eh bien je l'aime beaucoup, quelles que soient les circonstances.

Gouri regarde attentivement le visage de la femme.

D'ailleurs, poursuit Iakov, elle ressemble un peu à ta fille Ksenia dans mon souvenir. Non ?

Gouri regarde encore, longuement.

Soudain, ses yeux se brouillent et sa mâchoire se met à trembler.

Je sais pas, il balbutie.

Et en se levant d'un coup, il fait grincer sa chaise sur le sol de la chambre.

De ses deux mains, Iakov a repoussé le drap vers ses genoux. Lentement, il entreprend de plier ses jambes afin de sortir les pieds. D'une voix étranglée par l'effort, il dit à Gouri qu'une quinzaine de jours auparavant, il s'en souvient bien, se lever était encore un jeu d'enfant.

Iakov se retrouve finalement assis sur le lit, le front luisant, le dos courbe. Il porte un maillot de corps qui, avec les bandages lui couvrant les bras, semble se prolonger aux manches. Son pantalon de toile grossière et claire est maculé de drôles de taches, comme les yeux d'un bouillon gras.

Il demande à Gouri de lui attraper sa veste pendue à un gros clou fixé au mur, derrière la porte.

Gouri pose la veste de laine sur ses épaules. En produisant de courts gémissements, Iakov essaie en vain de tordre les épaules pour l'enfiler.

Excuse-moi, Iakov, fait Gouri en s'empressant vers lui pour l'aider.

Ça aussi, la semaine dernière, je m'en débrouillais encore. J'ai bien peur de ne pas être sur la bonne pente, mon vieux Gouri.

Allez, ça va aller, dit Gouri. On se met debout ?

Iakov fait oui de la tête.

Il glisse les pieds dans une paire de savates. Gouri s'assoit à côté de lui et lui passe le bras dans le dos pour le soutenir.
Doucement, souffle Iakov.
On y va tout doucement, dit Gouri. Allez.
Tous les deux se lèvent du lit à l'unisson, Iakov grimaçant et étouffant de petits cris de douleur.
Nous y voilà, mon gars, fait Gouri.
Et attrapant un mouchoir dans sa poche, il éponge le front de Iakov.
Ça va aller ? demande Gouri.
Oui, t'inquiète pas.
Gouri relâche son emprise sur Iakov et le regarde boutonner sa veste. Après ça, il lui prend le bras et lui sourit.
Paré, il fait.
Iakov acquiesce d'un signe de tête et ils font deux petits pas vers la porte. Puis Iakov marque un temps d'arrêt.
Je voulais te demander quelque chose, Gouri.
Oui.
Quelque chose de pas facile.
Dis-moi.
Eh bien, il dit d'une voix hésitante, comment dire, je sais que mes jours sont comptés.
Gouri prend une inspiration comme pour dire quelque chose mais finalement, il reste silencieux.
Avant de partir, poursuit Iakov, j'aimerais pouvoir dire un mot ou deux à Vera.
Un mot ou deux ?
Oui, tu vois, je voudrais lui dire, je sais pas moi, combien elle a compté pour moi dans cette vie d'ici-bas,

et combien elle a été bonne pour moi toutes ces années et comme elle a fait de moi quelqu'un de meilleur que si je l'avais pas connue. J'ai envie de la remercier pour ça. Et aussi d'autres choses. J'ai plusieurs fois essayé de le faire comme ça, avec la parole. Mais je sais pas pourquoi, ça veut pas venir. Alors je me suis dit, tiens, peut-être que Gouri, il pourrait m'aider à écrire ça comme il faut.
Gouri demeure pensif un instant.
Qu'est-ce que t'en penses ? demande Iakov.
On pourrait voir ça, dit Gouri.
Ce serait bien, dit Iakov. Vraiment.

Lorsque Iakov et Gouri rejoignent la salle à manger, le second soutenant le premier, Vera pose les poings sur ses hanches et secoue la tête en souriant.
Tu parles d'une apparition, elle dit avec enthousiasme. Qu'est-ce que t'en penses, Piotr ?
Piotr se tient debout contre le chambranle de la porte et pour toute réponse, sans cesser de fixer le sol, il plisse le front avec force et ses yeux apparaissent comme des drôles de billes toutes rondes.
Le silence se fait et on échange des regards furtifs.
Voilà Leonti et Svetlana dont je t'ai parlé tout à l'heure, dit Vera à l'intention de Gouri.
Gouri les salue tous les deux. Svetlana, un fichu noué sous le menton, lui tend la main aimablement. Leonti ne consent qu'un léger signe de tête. Il est attablé, dos au mur, au bout du banc. La peau sombre de son visage est creusée de rides profondes. Ses cheveux blancs hirsutes sont encore abondants.
On voudrait pas déranger, il fait.
Allons, allons, dit Iakov. Tu connais Gouri ?
Non.
On en a parlé souvent.
L'écrivain de Kiev, dit Svetlana.
Avant Kiev, dit Iakov, il travaillait pour ceux de la centrale. Il est de Pripiat. Il était avec nous sur le toit du réacteur.

On dirait pas, marmonne Leonti.
Hé, Leonti, proteste Iakov.
N'écoute pas le vieux Leonti, dit Vera à Gouri. Il a ses humeurs.
Leonti se renfrogne. Vera pousse une chaise en bout de table.
Ça c'est pour toi, mon Iakov. Allez, assieds-toi.
Iakov s'installe sur la chaise, doucement, avec l'aide de Gouri.
Et Kouzma ? interroge Iakov.
Il nous rejoindra dans un moment, dit Vera.
Ça va pas nous empêcher de boire un coup. Va chercher les verres, gamin, fait Iakov à l'attention de Piotr. Piotr disparaît derrière le rideau de lourde toile. Svetlana met sur la table deux bocaux de cornichons et Vera dispose une grande assiette de tomates à l'ail marinées au vinaigre.
Tu les aimes toujours ? elle demande à Gouri en désignant les tomates.
Toujours, il répond.
Il s'assoit à son tour, sur le banc, à côté de Iakov.
Piotr revient avec les verres à vodka. Gouri débouche l'une des bouteilles qu'il a apportées et remplit les verres. Piotr s'est installé en face du vieux Leonti. À la façon dont il enserre devant lui le petit verre, l'entourant de ses deux paumes, Gouri comprend qu'il attend lui aussi d'être servi comme les autres.
Chacun saisit son verre. Leonti le tient entre ses cuisses, sous le plateau de la table.
Je me réjouis de lever mon verre à notre ami Gouri, déclare Iakov en forçant la voix. C'est un honneur

pour cette maison de te recevoir ici à nouveau, toi le poète et toi notre ami. Que la vie à Kiev te garde du malheur, cher Gouri. Toi et ceux que tu aimes. *Boudma!*
Boudma! répètent les autres.
Ils vident leur verre d'un seul trait.
Y'a pas de meilleur médicament, dit Iakov.
Gouri regarde le visage impassible de Piotr qui a bu comme les autres.
Nous attendrons Kouzma pour manger la soupe de poulet et le chou, dit Vera.
Et elle prend la bouteille et remplit à nouveau les verres.
Boudma! lance Vera en regardant vers Gouri, et tous vident leur verre une fois encore.

Alors mon vieux Leonti, t'as fini de bougonner? demande Iakov.
Je bougonne pas.
Dis-nous plutôt comment avance ta charpente.
Ça avance, dit Leonti.
Iakov précise à l'intention de Gouri que Leonti tâche de reconstruire la charpente de son ancienne maison qui se trouve dans la zone et qui a été incendiée.
Il se tourne à nouveau vers Leonti.
Et alors, quand est-ce que vous pourrez vous réinstaller là-bas, avec Svetlana?
J'en sais rien, dit Leonti. Et puis j'ai pas envie d'en parler. Pas maintenant.
Iakov le regarde, l'œil brillant.
Tu peux causer devant Gouri. Ça risque pas.

Je sais pas, fait Leonti. J'aime pas les gens qui viennent de la ville. Un écrivain en plus. Tu sais jamais ce que ça va t'écrire.
Tu peux avoir confiance, je te dis. C'est pas lui qui va te faire des embrouilles avec tout ça. D'ailleurs, cette nuit, Gouri lui-même retourne à Pripiat. Il va revoir son appartement d'avant. Pas vrai ?
C'est vrai, dit Gouri.
Ça veut rien dire, bredouille Leonti.
T'es qu'une vieille mule, Leonti, dit Iakov.
Ça c'est vrai, fait Svetlana et Vera rit sous cape.
Et la Joliette, tu crois qu'elle va vous suivre là-bas quand vous partirez ? demande Vera.
La Joliette, répète Piotr de sa voix pubère. Et sa tête se met à osciller lentement d'avant en arrière.
La Joliette, c'est le petit nom qu'ils ont donné à leur vache, précise Iakov.
La Joliette, la Joliette, psalmodie Piotr avec des oscillations de tête de plus en plus amples amenant son front presque au contact de la table.
Qu'est-ce qui te prend, Piotr ? demande Iakov.
Piotr s'immobilise d'un coup.
Joliette, il dit à voix basse.
Ben oui, Joliette. C'est d'elle qu'on cause.
C'est qu'il y tient à la Joliette, dit Svetlana. Il a pas envie de la voir quitter le village d'ici. Nous, avec le vieux, il s'en fout. Mais la Joliette, c'est autre chose. Pas vrai, Piotr ?
Piotr ne répond pas.
T'auras qu'à venir la voir. On sera pas si loin. Et puis t'es un gaillard maintenant.

C'est pas la question, dit Piotr.
Alors, c'est quoi ? demande Iakov avec douceur. Hein, Piotr, c'est quoi la question ?
Moi, je sais bien ce qui va pas, dit Svetlana. Il m'en a parlé une fois, pas vrai, Piotr.
Piotr reste silencieux.
Piotr pense qu'on va habiter dans un endroit où tout est sale. Et que la Joliette, elle va brouter que des cochonneries et qu'elle va y passer en moins de deux. Hein, c'est ça Piotr ?
C'est des conneries, grommelle Leonti. C'est pas plus sale qu'ici.
Et à l'intention de Piotr :
J'en ai vu des animaux là-bas. Et de sacrées belles bestioles, des vaches, des chevaux. Tout ce qu'il y a de bien portant.
Piotr se remet à osciller légèrement.
Oui, enfin moi je me souviens quand même de ces moineaux morts, dit Iakov. Tu te souviens de ça, Leonti ? Tous ces moineaux morts. Des centaines.
Peut-être, je sais plus. Ici aussi, y'en a eu.
Pas autant, dit Iakov.
Des oiseaux aveugles qui s'écrasent sur les pare-brise des voitures. C'est toi-même qui me l'as raconté.
Pas autant, répète Iakov.
De ses gros doigts aux ongles crasseux, Leonti se met à tapoter le plateau de la table.
On y mettra la Joliette là-bas et on lui boira son lait. Tous les jours on lui boira. Interdit, pas interdit, que ça plaise ou que ça plaise pas, c'est pareil.
Il attrape le menton de Piotr.

Et tu verras ça, mon garçon, la belle santé que ça nous fera.
Mouais, fait Iakov après avoir vidé son verre. Une mule, que t'es.
On fait silence, avec seulement le bruit léger de l'écumoire passant et repassant dans la marmite de soupe.

J'ai apporté mes pierres, dit enfin la vieille Svetlana. Si vous voulez, je peux vous les montrer.
Vera tape dans ses mains.
Elle explique à Gouri que Svetlana aime peindre les pierres, que c'est une artiste à sa manière.
Depuis quand est-ce que tu fais ça ? demande Vera.
Ma grand-mère le faisait, et puis ma mère après elle. Et maintenant moi aussi. Depuis que je suis petite.
Svetlana pose sur la table un morceau de drap blanc. Elle plonge sa main dans un petit cabas dont elle retire, une par une, les pierres colorées. Elle les dispose sur le drap, lentement. Piotr s'est levé et vient regarder les pierres de près.
Lorsque toutes les pierres sont sur le drap, Svetlana recule d'un pas et jauge le résultat.
Je sais pas vous, mais moi je les aime bien, elle dit.
C'est très beau, dit Vera.
Et vous, monsieur Gouri, qu'est-ce que vous en dites ?
Gouri hoche la tête.
On dirait que ces fleurs ont poussé sur la pierre pour de vrai. Ça me plaît bien.
Au bout d'un moment, Piotr saisit l'une des pierres. Il l'observe longuement, calée au creux de sa paume.
Tu l'aimes, celle-là ? demande Svetlana.

Piotr continue à la regarder sans rien dire.
Je te la donne, dit Svetlana.
Piotr lève un instant les yeux vers Svetlana. Puis il glisse la pierre dans sa poche.
Durant plusieurs minutes, on contemple les pierres sans parler, les regards passant de l'une à l'autre. Même Leonti, depuis le bout de table, incline vaguement le buste pour mieux voir. Maintenant adossé au chambranle de la porte, Piotr sort la pierre de sa poche, l'examine avec soin d'un côté et de l'autre, la fait sauter dans sa main deux ou trois fois, puis la remet dans sa poche.
J'ai froid, dit soudain Iakov d'une voix blanche sans lâcher les pierres du regard.
Et il semble à Gouri qu'un tressaillement léger parcourt l'espace de la pièce.
Oui, mon Iakov, dit Vera d'une voix paisible. C'est vrai qu'il fait plus si chaud. On est en septembre, après tout. Je vais chercher ta couverture, tu la mettras sur tes épaules.

Vera dresse l'index devant sa bouche et, comme elle, on se tient immobiles et silencieux, aux aguets. On perçoit la cadence rapide des pas, d'abord sourds et lointains, puis résonnants et de plus en plus proches, ébranlant finalement le sol de la maison ; juste après, il y a le bruit de l'eau coulant du seau dans l'évier de la pièce voisine.
Voilà Kouzma, dit Vera.
Un instant plus tard, Kouzma fait son entrée, surgissant de derrière le rideau comme un acteur de théâtre. Il lance un salut à la cantonade d'une voix haut perchée. Son regard vif s'arrête un instant sur Gouri à qui il adresse un signe de tête particulier. Dans la lumière mollasse de la salle à manger, les traits de son visage, curieusement saillants, apparaissent soulignés d'un bleu terne. Gouri remarque la longue cicatrice oblique qui fait sillon dans ses poils de barbe et lui fend le menton depuis le bas de la lèvre inférieure jusqu'au sommet du cou.
On va pouvoir manger la soupe, dit Vera.
Buvons un coup d'abord, dit Iakov. Ça réchauffera.
Gouri, remplis les verres.
Gouri verse la vodka dans tous les verres à l'exception du sien.
Et toi, dit Iakov.

J'ai assez bu, dit Gouri.

Iakov le dévisage avec l'air de ne pas comprendre, puis hoche la tête.

C'est vrai, Gouri a de la route, cette nuit.

Kouzma, fait Iakov, je te présente mon ami Gouri. Il vient de Kiev et, cette nuit, il se rend à Pripiat.

Kouzma qui s'est installé en bout de table, en face de Iakov, lève son verre en direction de Gouri et le vide d'un trait. Il le repose sur la table dans un claquement sec et Svetlana le ressert immédiatement.

À Pripiat ? interroge pensivement Kouzma l'œil sur son verre plein.

Oui, dit Gouri. C'est là que je vais.

Je vois, dit Kouzma. Une sorte de voyage d'affaires.

Voyage d'affaires ? questionne Gouri.

Enfin, on se comprend, fait Kouzma en clignant d'un œil.

Le visage de Gouri marque l'étonnement.

Non, je vais à Pripiat seulement parce que j'ai envie de revenir du côté de chez moi. J'ai habité là-bas pendant des années avant les événements. On avait un appartement avec ma femme et ma fille.

Ah.

Un temps.

Mais tu sais, dit Kouzma, tu retrouveras rien de ce que t'as connu là-bas.

Il hésite avant de continuer.

Comment dire. Au début, quand tu te promènes dans Pripiat, la seule chose que tu vois, c'est la ville morte. La ville fantôme. Les immeubles vides, les herbes qui poussent dans les fissures du béton. Toutes ces rues

abandonnées. Au début, c'est ça qui te prend les tripes. Mais avec le temps, ce qui finit par te sauter en premier à la figure, ce serait plutôt cette sorte de jus qui suinte de partout, comme quelque chose qui palpiterait encore. Quelque chose de bien vivant et c'est ça qui te colle la trouille. Ça, c'est une vraie poisse, un truc qui t'attrape partout. Et d'abord là-dedans.
De son pouce, il tapote plusieurs fois son crâne.
Je sais de quoi je parle.
Gouri pose sa joue sur son poing fermé.
Moi, poursuit Kouzma, des fois, je pense au diable et je me dis tiens, si ça se trouve, il a installé ses quartiers dans le coin et il est là, à bricoler. Il profite de l'aubaine pour se fabriquer un monde à lui. À son image. Un monde qui se foutrait pas mal des hommes. Et qu'aurait surtout pas besoin d'eux. Ça colle le vertige, ça, quand on y pense. Un monde qui continue sans nous. Hein.
Un temps.
Enfin, c'est pour ça. On peut rien retrouver de notre monde d'avant, là-bas, et c'est pas seulement la question des destructions et des pillages.
On se tait en regardant Vera qui finit de servir la soupe. Leonti découpe un peu de pain, la miche coincée contre la poitrine. Piotr est le premier à avaler goulûment quelques cuillérées. Iakov appose un moment ses deux mains sur le bol pour se réchauffer puis commence à manger lui aussi. Kouzma se lève et disparaît dans la pièce voisine. On entend couler l'eau. Quand il revient, il égoutte ses mains mouillées puis s'attable et se met à manger à son tour.

Il vide son bol rapidement, le buste surplombant la table, la bouche restant à proximité du récipient, la cuillère plongeant dans la soupe à une cadence élevée.

Pour ce qui est de mes murs à moi, dit-il en repoussant brusquement le bol, les murs de la maison dans laquelle j'ai grandi avec mes parents et mes frères, c'est encore plus simple. On les a fait disparaître. Pfft, c'est tout. Encore un tour de passe-passe du diable.
Gouri s'essuie la bouche d'un revers de manche et se tourne vers Kouzma.
Tu devrais pas rabâcher cette histoire, dit Vera. Tu sais bien que ça te fait du mal.
Kouzma jette un coup d'œil du côté de Vera puis baisse les yeux avant de continuer.
On habitait du côté d'Ousiv. Et alors forcément, on a été évacués assez vite, dans les premiers, juste après ceux de Pripiat. Au début, mon père disait que tout ça, c'était rien, qu'on reviendrait bientôt chez nous, qu'il fallait pas s'inquiéter. Peut-être y croyait-il vraiment ou bien il disait ça seulement pour rassurer ma mère, j'en sais rien. Au bout de plusieurs semaines, on a commencé à comprendre que ça se passerait pas comme on pensait et le discours de mon père s'est mis à changer. Il a expliqué qu'on allait revenir à Ousiv, mais rien que pour vider la maison. Récupérer le mobilier et tout ce qu'on voulait. Qu'on ferait ça en plusieurs fois, qu'il avait de bons arrangements pour qu'on le laisse revenir dans la zone autant de fois que nécessaire. Alors on a fait plusieurs voyages, avec mon père et mes frères.

La dernière fois, j'étais seul avec mon père. À plusieurs occasions, on s'y était rendus tous les deux seulement parce que mes frères sont plus jeunes et que ma mère voulait pas les envoyer marner à Ousiv. Alors voilà, cette fois, on était là depuis moins d'une heure quand on a vu arriver les camions. Trois camions, qui poussaient devant eux d'énormes godets dentés. Et juste après, on a vu se pointer une excavatrice à chenille et aussi un véhicule de pompiers. Tout ça s'est arrêté devant la maison et, quand j'ai regardé mon père, ma parole qu'il en menait pas large. Il est allé parlementer avec le conducteur du premier camion. Ça a duré une dizaine de minutes après quoi il est revenu vers moi et il m'a regardé d'un drôle d'air, un air que je lui avais jamais vu. Si je m'en souviens de cet air qu'il a pris à ce moment-là.

L'excavatrice a remis son moteur en route et elle a manœuvré pour contourner les camions. Puis elle est passée si près de nous qu'on a cru qu'elle allait nous écrabouiller. Mon père me tenait fermement le bras et j'ai compris qu'il avait décidé qu'on bougerait pas d'un centimètre. Ce n'est que lorsque l'engin a écroulé la petite barrière du jardin qu'on est rentrés précipitamment dans la maison. Mon père m'a désigné quelques caisses à remplir et à évacuer d'urgence. Et c'est ce qu'on a fait tandis que le bulldozer, dans un bruit de tonnerre, a creusé le trou tout contre la maison.

Je ne sais pas dire combien de temps tout cela a pris. Je me souviens seulement qu'à un moment on s'est approchés ensemble de la petite fenêtre avec mon père. Je me souviens qu'il dégageait une forte odeur de

sueur, c'était à force de trimer dur comme on le faisait pour sauver tout ce qu'on pouvait. On a regardé dehors et tout ce qu'on a vu, c'était une fosse gigantesque à te coller le vertige. Et c'était comme si la maison se tenait en équilibre juste au bord de ce grand trou. Juré que ça te foutait une drôle de frousse.
Après, tout s'est passé très vite, je crois. On nous a laissés quelques minutes encore pour finir le boulot. Et puis on s'est retrouvés à une trentaine de mètres de la maison avec mon père, sur le bord de la route, à côté d'un tas d'affaires à nous empilées comme ça, n'importe comment. L'excavatrice a manœuvré et puis s'est éloignée en direction du village. Le véhicule de pompiers s'est approché à son tour. Un gars est descendu, il portait un morceau de toile sur la bouche, on aurait dit un foulard de cow-boy. Il a ouvert portes et fenêtres et après, depuis le camion, il s'est mis à balancer de la flotte partout sur la maison, visant le toit ou les ouvertures, attentif à bien tout arroser. On nous a expliqué plus tard que c'était un bon truc pour fixer la poussière et éviter d'envoyer valdinguer dans l'air des tonnes de saloperies. Parce que juste après, les gros engins avec leurs énormes pelles dentées, ils se ramènent à trois et ils t'attrapent la baraque au niveau des fondations et ils te ramassent ça ni plus ni moins que comme une merde de chien.
Kouzma s'interrompt et porte le poing à sa bouche.
Une merde de chien, répète Kouzma après quelques secondes de silence.
Et on a regardé ça, mon père et moi. À un moment, un gars nous a invités à nous éloigner un peu mais on

est restés immobiles. Il nous a conseillé de mettre un mouchoir sur la bouche mais on l'a pas fait. Ça s'est passé plutôt rapidement, je crois bien. Les camions se sont relayés sans aucune pause. Et en moins de deux ils ont fait dégringoler la maison tout entière dans la fosse.

Ce dont je me souviens le mieux, c'est des choses qu'on voyait parfois tomber dans le trou au milieu d'une pelletée de gravats. Des choses qu'on n'avait pas eu le temps ou même l'idée d'emporter et qui nous passaient sous le nez. Sauf qu'à chacune d'elles s'accrochaient des petits morceaux de vie et que c'était ça qui défilait devant nous. Je me souviens de l'étui à violon en bois sombre. Il avait appartenu à mon grand-père et nous en avions plusieurs fois réparé le mécanisme de fermeture avant de le remplacer par une housse matelassée équipée des compartiments indispensables, pour l'instrument mais aussi pour l'archet et la colophane. En glissant dans le trou, la boîte s'est disloquée et le capitonnage mauve s'est fait prendre par le gras de la terre retournée.

Je me souviens des billes, les agates et les calots, et celles en terre aussi que nous avions repeintes en plusieurs couleurs. Nous en avions plusieurs centaines. Je les ai regardées s'échapper comme un fluide d'un sac de tissu éventré. Sur l'une d'elles, j'ai même aperçu l'espace d'une seconde un insecte affolé, une sorte de bousier, qui m'a fait penser à un saltimbanque cherchant l'équilibre sur sa boule. Et puis tout a disparu dans un fracas de bois et de métal.

Il marque un temps d'arrêt avant de poursuivre.

Mais tu vois, et Kouzma lève un instant les yeux vers Gouri, ce que je me rappelle le mieux, ce qui reste le plus net dans ma tête et dont il m'arrive encore de rêver certaines nuits, c'est la tour Eiffel.
La tour Eiffel ? s'étonne Gouri.
La tour Eiffel, confirme Kouzma avec sérieux. C'est Vassili, l'ami de mon père et aussi l'entraîneur du club de football, qui nous avait rapporté ça de Paris, une fois qu'il avait obtenu l'autorisation d'aller en France pour disputer un tournoi international. Une petite tour Eiffel prisonnière d'une capsule de plastique transparent et sur laquelle on pouvait faire tomber la neige en la faisant basculer une ou deux fois cul par-dessus tête. Eh bien, à nouveau, le bulldozer a porté son godet au-dessus de la fosse et en a renversé tout le contenu, s'y reprenant à plusieurs fois pour tout évacuer. C'est quand il a commencé à reculer que j'ai remarqué la tour Eiffel dans le fond de la pelle vide. Quelque chose avait retenu là la petite cloche posée sur le flanc. Et j'ai distinctement vu les flocons de neige qui s'agitaient dedans. J'ai eu envie de m'approcher de la pelleteuse pour tenter de la récupérer et je ne sais pas bien pourquoi je l'ai pas fait. Peut-être à cause de mon père qui se tenait debout à côté de moi, toujours immobile, et qui n'a rien manifesté. J'ai pourtant la certitude qu'il l'a vue comme je l'ai vue, la tour Eiffel de Vassili.
Après un court temps de silence, Kouzma redresse le buste et se cale contre le dossier de sa chaise. Il croise ses mains sur son ventre.
Quand la maison s'est retrouvée tout entière au fond du trou, un des conducteurs a fait signe à un autre qui

est descendu de sa cabine. Ils ont échangé quelques mots qu'on a pas entendus et le gars est remonté dans son camion et s'est éloigné vers le village. Les autres sont restés là sans rien faire, à bord de leurs engins, les moteurs en marche. Après une dizaine de minutes, l'autre camion est revenu et il a manœuvré pour s'approcher de la fosse. Il a baissé la pelle et on a vu les deux chevaux morts qui s'y trouvaient. J'en ai reconnu un à son œil écarlate et exorbité : ça faisait deux ou trois jours que les deux cadavres traînaient vers l'entrée du village, du côté de l'étang. Et voilà qu'ils profitaient du premier trou pour les enterrer eux aussi, avec le reste. J'ai eu envie de vomir et aussi de dire au chauffeur du camion d'arrêter ses conneries. J'ai rien fait de tout ça et les chevaux morts ont glissé dans la fosse avec douceur et se sont immobilisés parmi nos décombres dans d'étranges positions. Après, dans un ballet parfait, les trois camions se sont relayés pour reboucher le trou et à la fin, ma parole, il ne restait plus rien qu'un morceau de terre nue, avec au-dessus un nuage de poussières en suspension.
Kouzma se tait. Il a les yeux baissés.

Durant le long temps de silence qui suit, il semble à Gouri que c'est comme si on attendait ensemble que se dissipe le nuage dont Kouzma vient de parler.

Après, Vera a rempli les assiettes de chou.
Iakov s'est servi de vodka, a tendu la bouteille à Gouri qui l'a fait passer du côté de Piotr et Kouzma.
On a mangé sans parler.

Les deux mains de Leonti sont maintenant posées bien à plat sur la table, de part et d'autre de son assiette. Ses yeux sont vides de toute expression.
Iakov a repoussé son assiette encore à moitié pleine.
La tête de Piotr tombe sur le devant, comme s'il était en prière et on devine ses paupières mi-closes.
Vera s'approche de lui, pose ses deux mains sur ses épaules.
Au bout d'un moment, elle commence à chanter.

La chanson raconte les plaines d'Ukraine, les cieux de la couleur du métal, les chevaux de trait, forts et courageux qui un jour ou l'autre finissent par se coucher pour mourir.
Vera chante le menton haut et avec au visage, une joie tranquille. Ses mains restent posées sur les épaules de Piotr.
Parfois, Svetlana chante quelques mots avec Vera d'une voix nasale et un peu fausse. Plusieurs fois,

Leonti hoche la tête comme pour approuver sans lever les yeux de la table.

À la fin de la chanson, Kouzma applaudit, rejoint par Gouri puis Svetlana.

Elle a quand même une belle voix, dit Iakov.

C'est plus pareil qu'avant, dit Vera sans tristesse.

Avant, t'aurais vu ça, fait Iakov en s'adressant à personne en particulier.

Chante encore, dit Kouzma à Vera.

Attends, dit Iakov. Elle va aller chercher l'accordéon.

On a même pas fini de dîner, proteste Vera.

Pas vrai que tu vas aller chercher l'accordéon ? demande Iakov.

Accordéon, bredouille Piotr, le nez au ras de la table.

Tu vois, même Piotr, il veut que tu ailles le chercher, dit encore Iakov. Et toi, Gouri, qu'est-ce que tu en dis ?

J'aimerais ça moi aussi, dit Gouri.

Alors, fait Iakov.

Vera fait la moue puis elle disparaît quelques secondes derrière le rideau et revient avec son accordéon. Kouzma applaudit à nouveau.

Vera se remet à chanter, debout au milieu de la pièce, l'accordéon accroché à ses épaules. Par instants, à l'unisson d'un refrain ou d'un passage plus rythmé, elle esquisse même quelques pas de danse. À d'autres moments, elle incline la tête en direction de l'un ou l'autre jusqu'à l'effleurer comme le ferait une artiste de cabaret. Pendant ce temps, Iakov a demandé à Svetlana de remplir les verres de vodka.

Vera chante quatre ou cinq chansons plutôt gaies et entraînantes. Seule la dernière est plus lente et mélan-

colique, évoquant les jours heureux et désormais envolés d'une vieille paysanne parvenue au crépuscule de sa vie.
Enfin, elle fait durer une dernière note dans le registre médium, refermant le soufflet de son instrument aussi lentement que possible.
On applaudit, à l'exception de Piotr qui semble s'être endormi la joue posée sur la table et de Leonti qui se contente de dodeliner de la tête, les yeux brillants.
C'est bien, dit Gouri.
C'est rien à côté d'avant, dit Iakov.
Kouzma dit que ça fait passer un bon moment et Svetlana approuve.
Après un court instant de silence, Iakov dit que la dernière chanson lui a fait penser à quelque chose. Et, en disant ça, il regarde Gouri avec une lueur espiègle dans les yeux.
Gouri plisse le front.
Iakov commence à réciter.

Il y a eu la vie ici
Il faudra le raconter à ceux qui reviendront
Les enfants enlaçaient les arbres
Et les femmes de grands paniers de fruits
On marchait sur les routes
On avait à faire
Au soir
Les liqueurs gonflaient les sangs
Et les colères insignifiantes
On moquait les torses bombés
Et l'oreille rouge des amoureux

On trouvait du bonheur au coin des cabanes
Il y a eu la vie ici
Il faudra le raconter
Et s'en souvenir nous autres en allés

Tu te souviens de ça, Gouri ? dit Iakov après un moment.
Oui.
Gouri nous avait laissé quelques poèmes à lui, dit Iakov en s'adressant à Kouzma. Alors au camp, à Detvatké, avec Pavel et Stepan on se les lisait des fois. On en a même appris par cœur. Ça nous faisait du bien de lire ça.
Leonti hoche la tête doucement sans lever les yeux de la table.
T'en connais d'autres ? demande Kouzma à Iakov.
Vera se glisse sur le banc, à côté de Piotr.
Iakov fait la moue.
Tu sais, ma mémoire.
Son regard se fixe au plafond.
Il y en avait un, dit enfin Iakov, qui commençait par : la bête n'a pas d'odeur et ses griffes sont muettes, ou quelque chose comme ça.
Il se tourne vers Gouri.
C'est ça ?
La bête n'a pas d'odeur, reprend Gouri, et ses griffes muettes zèbrent l'inconnu de nos ventres.
Et ensuite ? fait Kouzma.

La bête n'a pas d'odeur
Et ses griffes muettes zèbrent l'inconnu de nos ventres

D'entre ses mâchoires de guivre
Jaillissent des hurlements
Des venins de silence
Qui s'élancent vers les étoiles
Et ouvrent des plaies dans le noir des nuits
Nous voilà pareils à la ramure des arbres
Dignes et ne bruissant qu'à peine
Transpercés pourtant de mille épées
À la secrète incandescence

Celle-là aussi, on l'avait apprise, dit Iakov.
J'aime la poésie, dit Vera.
C'est quand même un peu triste, dit Svetlana. Je crois bien que je préférais le poème d'avant.
C'est triste ou pas, dit Iakov, mais comment dire, il y a quelque chose là-dedans. Dans les mots, il y a quelque chose. Enfin, je saurais pas expliquer ça exactement.
T'en as écrit beaucoup ? demande Kouzma.
Si j'en ai écrit beaucoup ?
Oui. Des poèmes comme ça, qui ont rapport avec les événements.
Ça commence à faire, dit Gouri. C'est juste parce que j'en ai écrit un chaque jour depuis.
Un chaque jour ? s'étonne Kouzma.
Oui.
C'est une drôle d'idée. Pourquoi t'as fait ça ?
Gouri hésite.
Je sais pas trop. Je me souviens qu'au début, il y avait juste cette envie d'écrire, vraiment forte. Plus forte que d'habitude. Je saurais pas dire d'où elle me venait.

Surtout qu'à cette période on avait d'autres choses à penser.
Gouri sourit avec les yeux.
C'est un peu ridicule, mais je crois que souvent j'ai songé aux musiciens du *Titanic*. Tu sais qu'on raconte qu'ils ont continué à jouer même après que le navire a commencé à s'enfoncer.
C'est ce qu'on dit, fait Kouzma.
Soudain, la main droite de Iakov se crispe sur le bord de la table tandis que son corps entier se raidit. Les traits tendus de son visage trahissent une douleur vive. On s'arrête de parler. Vera s'approche de lui et lui pose une main sur l'épaule avec délicatesse.
Ça va aller, elle dit doucement en se penchant vers lui.
On reste un moment suspendus à la souffrance de Iakov, immobiles et silencieux. Après quelques secondes, la douleur semble s'estomper et la main de Iakov reprend sa place d'avant, à plat sur sa cuisse. Plusieurs fois, il gonfle les poumons et, en sifflant presque, il expire l'air entre ses lèvres serrées. Sa respiration finit par s'apaiser et il adresse un regard à Gouri qui reprend.
Oui, les poèmes. Un chaque jour. Je sais pas dire pourquoi. Comme si ça pouvait changer quelque chose à toute cette saleté. Et pourtant, on aura beau faire, on sait bien qu'on sera jamais tranquilles avec ça. Ni nous, ni nos enfants, ni les enfants de nos enfants. Ni même le plus petit brin d'herbe qui n'a plus nulle part où se cacher. Alors, d'où est-ce que ça vient. Je sais pas.
Il a un petit rire.

Il faudrait demander ça aux gars du *Titanic*. Peut-être que ça leur viendrait de parler de désespoir. Ou d'élégance. Ou de je ne sais quoi d'autre.
Il s'arrête un temps.
En tout cas, reprend Gouri, et même si ça me dépasse, c'est comme ça. Quelques mots chaque jour, oui un poème si on veut, comme un petit crachat de ma salive à moi dans le grand feu. Et ce sera comme ça tous les jours que Dieu me donnera.
Iakov se racle la gorge.
C'est déjà quelque chose, il dit.
Et, de plusieurs hochements de tête, Iakov approuve à ses propres propos.
Sûr que c'est quelque chose, il répète.
Peut-être bien, intervient Leonti, mais c'est quand même pas comme les coups de pelle qu'on a donnés dans cette espèce de merde qui te fait bouillir les sangs.
Iakov regarde Gouri un moment en plissant le front.
Il a raison, dit Gouri. Ça vaut pas un coup de pelle.
Ça empêche pas, dit Iakov. T'es quand même un gars bien.

À la façon dont Gouri a redressé le buste en joignant ses deux mains devant lui, on comprend qu'il a maintenant l'intention de partir. On le regarde un instant sans parler, avec des airs entendus.
Et toi, il est temps que tu ailles te reposer, dit finalement Vera à Iakov.
Iakov ne dit rien.
Il est onze heures passées, dit encore Vera.
L'heure des braves, fait Kouzma en regardant du côté de Gouri.
Iakov prend appui des deux mains sur le bord de la table et entreprend de faire reculer sa chaise dont les pieds produisent un grincement suraigu sur le sol dallé.
Piotr se redresse d'un coup, l'œil mauvais.
Fais pas ça, il dit doucement.
Qu'est-ce que tu dis, Piotr ? demande Svetlana.
Fais pas ça, répète Piotr, le regard dans le vide.
Quoi, fais pas ça ?
Piotr se dresse, enjambe le banc, recule d'un pas. Maintenant, il hurle.
Fais pas ça ! Non, fais pas ça !
Ce sont ses cauchemars qui le reprennent, dit Vera. On dirait qu'il est réveillé mais en fait il dort.
Il a trop bu, ricane Kouzma.

Non, je t'en supplie, le fais pas ! crie Piotr.
La semaine dernière, dit Leonti, il nous a fait le coup et on a mis au moins un quart d'heure à le calmer.
Allons, gamin, dit Kouzma en s'approchant de lui.
Mais Piotr se met à gueuler encore plus fort. Bientôt, il n'articule même plus de mot. Il n'y a plus que les cris, sauvages. Ça fait reculer Kouzma.
Faudrait le faire sortir, dit Leonti. Ça lui ferait du bien de sortir.
Et Leonti se lève à son tour. Sans hésiter, il attrape Piotr au bras. Kouzma fait de même, avec l'autre bras, et ils l'entraînent vers la porte au rideau.
Attention ! hurle Piotr. Le fais pas !
Curieusement, Piotr marche entre eux sans qu'on ait à le forcer. De son corps, seule sa tête semble protester, en roulant de tous côtés.
On les entend s'éloigner dans la pièce voisine. Et puis les cris de Piotr se mettent à résonner autrement, depuis le dehors.
Pauvre gamin, dit Vera.
Iakov se lève en grimaçant.
Qu'est-ce qui peut bien lui passer dans la tête, dans ces moments-là, fait Svetlana. Il a l'air tellement terrifié.

Soutenu par Vera, Iakov commence à se détourner, fait un pas vers le couloir qui mène à la chambre. Il lance un regard vers Gouri.
C'était bien quand même, dit Iakov. Pas vrai ?
Sûr que c'était bien, dit Gouri.
J'espère que ça va aller, je veux dire pour ce qui est de Pripiat.

Si tu veux, je viendrai te voir demain matin, en revenant.
Oui. Comme ça, tu me diras.
Et aussi, dit Gouri, on pourra peut-être écrire un peu tous les deux.
Iakov sourit légèrement.
Oui. Ça me ferait plaisir.
Écrire ? s'étonne Vera.
T'occupe pas. C'est une affaire entre Gouri et moi, dit Iakov.
Alors, fait Vera.
Et, à pas minuscules, Iakov disparaît avec elle dans la pénombre du couloir.

Gouri a rejoint l'allée qui borde la maison puis s'est approché de la route.
Il aperçoit Piotr qui se tient debout un peu plus loin, vaguement courbé.
Ses cris sont d'abord devenus plus rares et maintenant, ils ont cessé tout à fait. Gouri distingue la silhouette de Kouzma qui tourne autour de lui et parfois, il entend le son de sa voix, métallique et curieusement aiguë qui achève de le tranquilliser.
Leonti a posé son bras sur les épaules de Piotr. Il ne parle pas.
La nuit est toujours aussi belle, claire et sans nuage.
La température a sans doute un peu fraîchi.
Quelques minutes plus tard, Kouzma revient vers la maison d'une démarche nonchalante, se retournant plusieurs fois vers Leonti et Piotr qui eux aussi finissent

par se mettre en route dans la direction opposée, vers les maisons.

Gouri se tient debout contre la moto, ses fesses ne reposant qu'à peine sur le siège biplace, les jambes croisées.
Kouzma s'approche, lui propose une cigarette.
Ils fument tous les deux.
Il s'est calmé on dirait, dit Gouri la tête tournée du côté où Piotr et Leonti se sont éloignés.
Oui, dit Kouzma d'une voix hésitante.
Il tire plusieurs fois sur sa cigarette.
Tu vas y aller ? il demande.
Oui.
Tu vas par où ?
On m'a indiqué un passage du côté de Potoki, dit Gouri.
Potoki ?
C'est ça.
Potoki, je te conseille pas.
On m'a dit que c'était le meilleur endroit pour passer dans la zone.
Pour ce qui est des contrôles, c'est sûr que tu trouveras pas mieux, vu que la plupart des militaires ont fini par décamper de ce coin-là. Et ils avaient de bonnes raisons pour ça. Rapport aux gars sur qui t'as toutes les chances de tomber maintenant. Plutôt du genre à te zigouiller avant d'avoir pris le temps de te demander tes papiers.
Des trafiquants ? demande Gouri.

Des trafiquants, des bandits. Des gros bras. Dans ce coin-là, ils font ce qu'ils veulent. Vaut mieux pas les croiser. Pourquoi tu passerais pas par le pont ?
Quel pont ?
Martinovichi.
Ah oui, Martinovichi. Je le connais bien, ce pont.
Passe par là.
Mais il est surveillé, à ce qu'on m'a dit.
Tu parles.
On m'a dit qu'il y avait un check-point juste après le pont.
Tu parles. Moi, quand je vais dans la zone, je passe toujours par là. Jamais eu de problème. Faut seulement savoir y faire, avec les heures de ronde. C'est toujours la même routine. Un jeu d'enfant, je te jure. Et, une fois passé, t'as pour ainsi dire plus de souci à te faire jusqu'à Pripiat.
Kouzma rallume une cigarette, en propose une à Gouri qui refuse d'un geste de la main.
En moins de deux heures, t'es rendu là-bas, dit encore Kouzma.
Et c'est quoi, cette histoire de ronde ? demande Gouri.
Kouzma fume avec nervosité, faisant rougeoyer le bout de sa cigarette.
Hein, tu peux m'expliquer pour les rondes ? répète Gouri.
Après un long temps de silence, Kouzma dit qu'une idée est en train de lui passer par la tête.
Une drôle d'idée mais après tout, il marmonne.
Tu veux me la dire, ton idée ? interroge Gouri.
Kouzma réfléchit encore un instant.

On peut monter à deux sur ta moto ? demande Kouzma en guise de réponse.
Gouri ne dit rien.
Si tu veux, poursuit Kouzma, on peut y aller ensemble à Pripiat.
À nouveau un temps de silence.
C'est quand même curieux, après ce que tu as dit tout à l'heure. Au sujet de Pripiat.
Kouzma pose la main sur le guidon de la moto.
Alors, il dit, tu crois qu'elle peut tenir le coup ?

Au moment de partir, Gouri aperçoit depuis la route la silhouette de Vera aux aguets derrière la fenêtre à peine éclairée de la maison. Il amorce un mouvement de bras pour la saluer puis interrompt son geste. Pour finir, il ne fait que se tenir un instant en face d'elle, immobile, en se demandant ce qu'elle peut distinguer de ce regard qu'il lui adresse.
On devrait y aller, maintenant, dit Kouzma.

Gouri enfourche la moto puis Kouzma s'installe derrière lui.
La remorque... C'est que tu penses ramener des choses de là-bas ?
Peut-être, oui.
Kouzma plisse le front.
Je serais toi, j'y compterais pas trop.
La moto démarre avec peine, même aidée par Gouri qui, sur une vingtaine de mètres, continue à pousser sur ses deux pieds.
Ils traversent le village puis, après le long virage qui en marque la lisière, ils entrent sous le couvert de la forêt. Kouzma demande à Gouri s'il réussit à distinguer devant lui et Gouri le rassure en tapotant sur le phare. En fonction des cahots de la route, Gouri peut parfois sentir la jante arrière cogner avec force et, quand il

jette un coup d'œil sur la roue arrière, le pneu semble être complètement à plat.
T'as vu le pneu, fait Gouri.
Kouzma regarde le pneu.
En essayant de plaisanter, il fait remarquer que, par chance, il est pas du genre poids lourd avec ses soixante kilos. À cause du bruit du moteur, Gouri lui fait répéter trois fois et forcément, à la fin, ça n'a plus grand-chose à voir avec une plaisanterie.

Gouri dit que ses yeux commencent vraiment à bien s'habituer à l'obscurité, maintenant. Il demande aussi à Kouzma de jeter un coup d'œil à la remorque. Kouzma lui indique que ça a l'air de tenir le coup.
Ils arrivent au croisement de Marianovka et ils mettent tous les deux pied à terre.
Le pont est à douze kilomètres, dit Kouzma. C'est toujours tout droit. Il faudra s'arrêter un peu avant d'y être, histoire d'aller voir.
Ils scrutent un moment de part et d'autre dans l'axe de la route de Bober qu'ils s'apprêtent à traverser. Puis ils repartent en direction du pont.
Sur la route plate et sans virage, le chant du moteur est monocorde, sans aucune inflexion. Les yeux de Gouri se sont mouillés à cause de l'air de la nuit qui le saisit au visage. Dans son dos, il sent Kouzma bien calé, la tête légèrement décalée sur sa droite pour pouvoir regarder devant.

On va pas tarder à y être, fait Kouzma. T'auras qu'à t'arrêter avant le sommet de la côte.

C'est une montée courte, de quatre-vingts ou cent mètres tout au plus. Gouri stoppe à une trentaine de mètres du haut.
Alors, t'es déjà venu ici ? demande Kouzma à voix presque basse.
Oui. On avait dormi là, avec Iakov et d'autres gars. On avait pas mal bu aussi.
C'est un bel endroit pour boire, ici. Un bel endroit pour voir le monde autrement, pas vrai.
Gouri ne dit rien.
Il stabilise la moto sur sa béquille et ils commencent à marcher tous les deux vers le haut de la côte.
Kouzma fait signe à Gouri de ne plus faire de bruit.
Ils se glissent maintenant le long des arbres qui bordent la route. De troncs en troncs, ils gagnent le sommet.

Le pont est là, à un jet de pierre.
Il enjambe la rivière large et aux contours imprécis qui luit sous l'éclat de la lune. Autant qu'on puisse le voir, l'eau semble pénétrer ici tous les recoins de la plaine. Elle s'invente un peu partout de petits méandres pour contourner des îlots et ruser avec les saillies de terre.
Elle est étale et silencieuse, sans remous, sans trace d'écoulement.
Gouri se souvient que, en profondeur, elle enserre le végétal, faisant de l'endroit un vaste marais impossible à traverser à pied sec.
Et voilà, chuchote Kouzma. C'est là que commence la zone. Juste après la rivière.

Ils regardent au loin. Kouzma tend le bras devant lui.
Tu vois la cabane, de l'autre côté du pont ?
Oui, je crois, dit Gouri. Il y a de la lumière, on dirait.
Kouzma acquiesce d'un mouvement de tête.
Environ toutes les heures, il explique, les gardes vont inspecter vers le sud, à trois ou quatre kilomètres d'ici. Il y a un passage sur la rivière qu'ils sont chargés de contrôler aussi. Il suffit d'attendre qu'ils se taillent là-bas. Si on a du pot, ils vont pas trop tarder.
Tous les deux ils regardent le pont et la rivière, les reflets de la lune.
On a pêché du gros par ici, dit Kouzma. Quand j'y pense, t'imagines pas ce qu'on a pu se ramener.
C'est vrai qu'on avait vu des gars pêcher ici, même la nuit. Ils étaient en barque. Et je me souviens qu'on s'était questionnés au sujet du poisson qui traîne par là.
Kouzma dévisage Gouri d'un drôle d'air.
Eh ben, tu vois, on est pas morts.

À nouveau, ils contemplent le paysage, un bon moment sans rien se dire.
On pourra les passer les barbelés du pont, avec la moto et la remorque ? demande Gouri.
Il y a un passage. On le voit pas bien d'ici, mais il y en a un. Il est fait pour bloquer les bagnoles et les camions. Mais les motos, ils s'en foutent. T'inquiète pas.
Même avec la remorque ?
Même.
Kouzma se laisse glisser le long du tronc clair d'un bouleau et se retrouve assis par terre, tournant le dos au pont.

De toute façon, il fait, on les entendra bien quand ils partiront.
Il allume une cigarette.
Gouri reste debout à côté, continuant à observer la rivière et le pont.
Tu viens souvent par ici, alors, il dit sans cesser de regarder.
Assez, fait Kouzma. J'aime bien ce coin.
Et la zone ?
Quoi, la zone ?
Tu y vas souvent ?
J'y vais.
Gouri s'éloigne de deux pas, reste immobile un instant puis revient à côté de Kouzma.
L'hiver, c'est quelque chose les paysages d'ici.
Sûr que c'est quelque chose, dit Kouzma.
Gouri attend que Kouzma parle des paysages d'hiver mais il reste silencieux. Il fume en regardant se consumer sa cigarette qu'il finit par écraser à côté de lui.
Y'a rien qui bouge, là-bas ?
Rien, répond Gouri.
Y'a qu'à attendre.
Kouzma se cale le dos aussi bien que possible contre le tronc de l'arbre.

Kouzma, dis-moi une chose.
Quoi ?
Pourquoi est-ce que tu es venu ? Cette nuit, je veux dire, pourquoi tu es venu avec moi ?
Je sais pas. Comme ça.
Après ce que tu as dit au sujet de Pripiat.

Faut pas faire attention. Tout ça, c'est rien que des façons de causer.

Kouzma se tait un moment. Il fouille dans sa poche, attrape son paquet de cigarettes, en rallume une.

Ça va te paraître étrange peut-être, mais cette zone, même avec sa poisse qui s'est fichue partout et qu'en finit pas de te coller à la peau, eh ben c'est un endroit que j'aime bien. Je m'y sens pas si mal. Sûr que c'est autre chose que le monde normal. Disons que c'est pas la même pourriture. Mais, à choisir, je crois que je préfère la pourriture d'ici. Elle est peut-être aussi vicelarde que l'autre mais, comment dire, avec elle tu valdingues quand même pas autant dans le caniveau.

Gouri l'écoute en regardant la rivière.

Tu vois, ça me dérange pas d'y aller, poursuit Kouzma. Même à Pripiat, ça me dérange pas.

L'envol tout proche d'un oiseau les fait sursauter tous les deux. Ils essaient en vain de le repérer dans la pénombre des bois.

C'est là qu'on se rend compte du silence, finit par dire Kouzma. C'est quand tu vois le raffut que ça peut te faire, le moindre piaf qui décolle.

Kouzma.

Quoi ?

On dirait que ça bouge vers le pont.

Kouzma se lève et se met à observer à côté de Gouri. Oui, il confirme. Ça y est, ils sont en train de démarrer le bâché. On va pouvoir y aller.

T'es sûr qu'il y a plus personne ?

Sûr. Y'a que deux gars ici. Et quand ils foutent le camp du pont, c'est toujours à deux. De toute façon, je vais aller voir, attends-moi là.

Gouri suit des yeux la silhouette courbée de Kouzma qui progresse vers le pont. Sur l'autre rive, il peut apercevoir les feux arrière de la camionnette qui s'éloigne en direction du sud.

Quelques minutes plus tard, Kouzma est de retour. Il dit que la voie est libre.
Ils redescendent jusqu'à la moto et la poussent en silence jusqu'au sommet de la petite côte, chacun d'un côté du guidon. Les feux du bâché ont disparu, on n'entend plus le bruit du moteur.
Allons-y, fait Kouzma.
Ils parcourent une cinquantaine de mètres. Ils contournent une poutrelle métallique posée en oblique et prennent pied sur le pont. L'absence d'arbres et la lumière soudain plus vive les mettent à découvert.
Grouille, fait Kouzma.
Ils avancent plus vite, zigzaguant entre les larges fissures du pont qui, par endroits, dénudent le treillis métallique et laissent voir plus bas la surface sombre de l'eau. Une fois, l'une des roues de la remorque se bloque dans un trou et ils doivent s'y prendre à deux pour la dégager.
Au bout du pont, il y a la muraille des barbelés qu'on a roulés sur une hauteur d'au moins trois mètres et dans laquelle s'enchevêtrent d'énormes pièces métalliques aux formes rendues étranges par la pénombre. Il faut s'approcher au plus près pour distinguer le passage étroit dont Kouzma a parlé.
Approche-toi, dit Kouzma.
Il se glisse par le passage en marche arrière, attrape le

guidon de la moto et le tire à lui. Derrière, Gouri guide la remorque en la poussant un peu.

Ça passe tout juste, chuchote Gouri.

Je t'avais bien dit. Allez, viens. On va avancer un peu avant de redémarrer.

Gouri se retourne une fois vers le pont barré par les barbelés puis se remet à pousser la moto. Ils passent devant la cabane des gardes. La porte est fermée, la lumière qu'ils apercevaient depuis l'autre rive, éteinte. Quand la route se met à descendre légèrement, ils enfourchent tous les deux la moto. Au point mort, ils glissent presque sans bruit jusqu'aux premières maisons de Martinovichi.

Allez, tu peux remettre les gaz, maintenant, dit Kouzma. Ça risque rien.

Juste après Martinovichi, la route s'enfonce dans la forêt sur plusieurs kilomètres.

En roulant, Gouri éprouve cet air particulier, sa fraîcheur un peu mouillée, les senteurs assemblées des arbres et de la terre, entre résine et moisissure.

L'étroitesse du ruban de goudron, plus élevé d'un demi-mètre environ que le tapis végétal qui le borde, réclame beaucoup d'attention à Gouri. D'autant qu'il est plutôt en sale état. L'effet du gel sans doute, et des grands froids des hivers passés. Il a ralenti l'allure.

Alors qu'ils s'approchent d'une zone au couvert encore plus dense et sombre, Kouzma demande à Gouri de stopper.

C'est mauvais, ici. Ce bois-là. Très mauvais. Tiens, accroche ça.

Il tend à Gouri un grand mouchoir. Gouri le noue derrière sa nuque, protégeant ainsi la bouche et le nez. Kouzma fait de même.

Après le bois, on pourra l'enlever, dit encore Kouzma.

Ils repartent et, même si la visibilité est moins bonne qu'auparavant, Gouri ne peut s'empêcher d'accélérer. Ils traversent le bois.

La petite route en rejoint une autre, un peu plus large. Gouri marque un nouvel arrêt.

Prends à gauche, dit Kouzma. Ça va direct jusqu'à Pripiat par là, c'est l'affaire de dix minutes.
Oui, je connais bien cette route, fait Gouri.
Kouzma retire le mouchoir de devant sa bouche, le fourre dans sa poche.
C'est moins mauvais par ici, il dit.
Gouri hésite un instant, puis garde le mouchoir.
On contournera les bassins par l'ouest, dit Kouzma. Comme ça, on est sûrs d'être tranquilles. Et on entrera dans Pripiat par le parc. Il est où ton appartement ?
Vers le square Pouchkine. On sera pas loin, du coup.
Juste à côté, confirme Kouzma.

Ils progressent maintenant dans des secteurs nettement moins boisés. Parfois, le paysage s'ouvre même tout à fait et la lune blanche fait soudain l'effet d'un projecteur. Le moteur de la moto semble faire un bruit démesuré au sein des étendues vides.
Ils contournent les bassins par la gauche comme a indiqué Kouzma.
On dirait que tu es comme chez toi ici, il plaisante.
Gouri ne dit rien.
Tout en roulant, il ne cesse de regarder d'un côté et de l'autre.
Il se souvient des virées.
Lui, Ksenia, Tereza, les amis. Et pourquoi on irait pas vers les bassins, qu'on se répétait presque tous les dimanches. À pied, en vélo. Ou même en voiture, de peur de prendre la pluie. Avec la canne à pêche. Et le pique-nique dans le panier que l'on portait à deux, chacun son anse. On prenait le ballon et les raquettes

et on jouait des heures. On rencontrait d'autres gens, certains devenaient plus proches, de semaines en semaines. Le soir, on rentrait fatigués, surtout à cause du vent qui souffle sans mollir dans la plaine.

Sur la droite, à trois ou quatre kilomètres, il y a la masse sombre de la centrale et, partout alentour, des centaines de pylônes dont certains sont joliment éclairés.

Ils n'auraient jamais dû le faire, Gouri l'avait compris peu après. Ils l'avaient fait pourtant, avec enthousiasme et même, une joie vague.
Ils étaient venus ensemble, c'était tout près d'ici, Ksenia et lui, au matin du 26 avril.
Voir un peu.
Le bleu étrange de l'incendie. Les irisations. Cette féerie.
Ils avaient même hésité à s'approcher encore. Une chose insignifiante – il ne pouvait se souvenir quoi exactement, une course à faire, un rendez-vous ? – les en avait empêchés. Ils y seraient allés sinon, main dans la main. Encore plus près. Ils se seraient jetés là-dedans pour de bon, père et fille ensemble, pris par l'intensité du spectacle, le sourire, presque, à leurs visages. Comme ces autres enfants rassemblés du côté de la voie ferrée, offrant leurs chants et farandoles au feu d'artifice.
Et envoûtés une fois pour toutes. Aujourd'hui, ou demain, disparus.

Hé, regarde où tu roules, avertit Kouzma après un cahot plus fort que les autres. Tu vas nous foutre dans le fossé.
Gouri fait un signe de la main pour s'excuser.
Kouzma indique une direction avec le bras.
Prends ce chemin-là, comme ça on va passer au large. Le poste de garde est juste derrière la butte, là-bas.
Gouri engage la moto sur un large sentier de terre.
Tu crois qu'ils pourraient nous entendre ? il demande.
Je sais pas. De toute façon, on est trop loin de leurs bases. Tu peux être tranquille qu'ils s'emmerderaient pas à venir nous chercher jusque-là.
Après un moment, le chemin rejoint le bord du canal et le longe sur deux ou trois cents mètres. L'eau est à peine visible derrière la rangée ininterrompue d'arbres, des aulnes plus grands et massifs que deux ans plus tôt, en tout cas dans le souvenir de Gouri.
Ils atteignent le petit pont piétonnier, à la convexité marquée, qui conduit dans le parc. Kouzma saute de la moto et regarde Gouri manœuvrer pour franchir le court raidillon qui mène au sommet du pont.
On prendra par là au retour, dit Kouzma. C'est un bon passage.
Ils roulent à basse vitesse en suivant les allées courbes du parc, prises par les hautes herbes.
Ils débouchent sur la place centrale.

Gouri met pied à terre, coupe le moteur.
Le silence tombe comme une chape.
Il retire le mouchoir de son visage et le serre en boule, au creux de sa main.

Devant lui se dresse la grande roue.
Il se souvient.
Le cercle majestueux debout à l'avant des immeubles et surplombant le faîte des arbres le ramène en moins de deux à ces journées de printemps, aux bruits joyeux de la fête qui se prépare, aux tenues légères des femmes parlant entre elles.
Comme chaque année, les forains étaient venus s'installer pour le 1ᵉʳ mai. Ils avaient déchargé leurs camions volumineux et donné forme en quelques heures à des manèges colorés, les mêmes chaque fois, sous le regard brillant des enfants, avec le commentaire avisé et crâne des plus gaillards d'entre eux.
Les autos tamponneuses avaient même dû fonctionner, au moins pour les essais d'usage.
Gouri fait quelques pas jusqu'à l'une d'elles, basculée sur le flanc, posée à même le goudron de la place centrale. Il passe sa main sur le bord molletonné du siège.
Tu devrais mettre des gants, dit Kouzma.
Gouri sursaute, regarde sa main, l'essuie sur l'arrière de son pantalon.
Faut faire attention au plutonium, par ici. Un millième de gramme dans le ventre et t'es retourné en six mois.
Gouri s'essuie encore une fois la main. Il continue à déambuler à petits pas, mécaniquement.

Les immeubles ne sont pas en ruine.
Les façades sont restées vaillantes, pareilles à des représentations naïves, avec l'alignement régulier des fenêtres ; étroites béances noirâtres aux vitres peut-

être brisées, il faudrait plus de lumière pour s'en assurer.
La ruine est une chose. Le vide infect installé désormais au revers de ces murs, une autre chose.
C'est ce que Gouri tâche de se répéter au pied de ces immeubles. Car, de retour chez lui, il cherche une fois de plus à se convaincre des nécessités de l'exil ; flairer la réalité de ces puissances cruelles, imperceptibles et assassines, et préservant si étrangement l'apparence du monde. En découdre avec elles, comme il l'avait fait, d'une autre manière, à coups de pelletées brûlantes sur le toit du réacteur n° 4.

C'est vrai qu'il y avait eu cette hébétude, le troisième jour. Il en avait gardé quelque chose au fond de lui.
Eux tous, les habitants de Pripiat, grimpant dans les autocars, lestés du strict nécessaire.
Évacués. Et jetant par les vitres un regard incrédule en direction de leur ville aux contours pourtant inchangés.
Ce n'était pas la guerre, ni un tremblement de terre. Nul effondrement, nul cratère d'obus. N'empêche, il fallait partir.

C'est par où ? demande Kouzma.
Gouri met du temps à répondre.
Par là, il dit finalement en désignant d'un vague mouvement de tête l'autre bout de la place.
Ils traversent l'espace en poussant la moto.

C'étaient ici des palabres par milliers, des bavardages de marcheurs, des pétarades et des aboiements de chiens se perdant dans l'air. Le tumulte était une palpitation, celle de la ville habitée, naturelle comme un battement de cœur, et il ne venait à l'esprit de personne d'y tendre l'oreille.
Maintenant, leurs deux souffles résonnent ici comme dans une catacombe et, pour ce qui est de Gouri, il s'efforce d'étouffer le bruit de sa respiration. On craint le fracas que rendrait un caillou frappé malencontreusement du pied et qui heurterait un morceau de ferraille.

Le ciel est pigmenté d'étoiles. De la lune, on ne distingue plus que le halo couronnant le sommet de l'immeuble le plus haut.
C'est le bâtiment qui se trouve derrière le théâtre, chuchote Gouri.
Ils atteignent l'extrémité de la place et, peu après, les murs arrondis du théâtre de la ville.
Le double battant donnant sur l'arrière-scène est à moitié ouvert. En s'approchant, ils finissent par distinguer le profil de Lénine, rouge sur fond clair, peint sur un vaste panneau de bois et débordant de l'espace réservé aux décors, comme si on avait voulu commencer à le sortir de là.
Ils longent le bâtiment avant de s'en éloigner, parcourent une trentaine de mètres entre deux bouquets d'arbres puis gagnent le pied d'un escalier jonché de bris de verre. Juste au-dessus, la porte vitrée surmontée du nombre 23 est en sale état.
Gouri, immobile.

Kouzma lui prend doucement la moto des mains et la met sur sa béquille.
C'est là, finit par dire Gouri.
T'as une lampe ? demande Kouzma.
Oui, là. Dans le petit sac accroché à la remorque.

Ils pénètrent dans le hall, passent devant le bloc à demi effondré des boîtes aux lettres vers lequel Gouri dirige un instant le faisceau de la lampe.
Il marche devant.
Vas-y doucement, dit Kouzma. Tâche de pas trop remuer la poussière.
Gouri pose ses pieds en douceur sur les marches d'escalier.
En grimpant derrière lui, Kouzma extirpe de sa poche une paire de gants et, le voyant faire, Gouri enfile à son tour les siens.
Ils parviennent au deuxième étage.
On y est, souffle Gouri en désignant la porte de droite. Y'a plus qu'à remettre la main sur la clé, et il fouille avec nervosité dans les revers de sa veste.
Kouzma s'approche de la porte à son tour et, d'une légère pression des doigts, pousse le battant qui cède tout de suite.
Leurs regards se croisent un instant.
Kouzma s'efface à nouveau pour laisser passer Gouri.

Il y a d'abord le couloir, bordé d'étagères vides.
La tenture orangée qui les couvrait a été arrachée et traîne au sol. C'est là qu'on entassait les bocaux de nourriture, conserves de légumes, charcuteries sèches,

quelques bouteilles. Un compartiment était aussi réservé aux habits, certains usagés, d'autres remisés là dans l'attente de la prochaine saison. Par terre, on rangeait les souliers dans des fonds de cagettes.

La première porte à droite était celle du salon, donnant aussi accès vers l'arrière, à la cuisine.

La gazinière est sur le flanc. Elle a les entrailles grandes ouvertes avec ses plaques de cuisson démantelées. Elle est posée sous la fenêtre, à l'endroit où se trouvait le large fauteuil grenat que Gouri tenait de son père. Non loin, il y a une petite flaque d'un liquide noirâtre et d'apparence visqueuse qui fait penser à de l'huile de moteur. Et puis les cartons d'archives, quatre ou cinq, éventrés, et d'où s'échappent les documents administratifs classés par année, factures et quittances, états de compte, certificats, attestations, notices en tout genre. Les murs sont nus.

Gouri se souvient des photos, des trois dessins encadrés de Ksenia et de la peinture de son ami artiste Timofeï qui décoraient le salon. Dans l'urgence du départ, on avait glissé ça au mieux dans les sacs – un bagage par personne pas plus.

De toute façon, on pourra pas emporter toute la maison, avait plusieurs fois répété Tereza.

Mais Gouri avait chargé tout ce qu'il avait pu, gonflant même ses poches jusqu'au dernier moment de babioles et de menus objets, flacon de parfum, canif, loupe, coquillage, calculatrice.

Kouzma reste dans l'embrasure de la porte.
Je t'avais dit, il fait.

Gouri hoche la tête avant de revenir vers lui et de lui passer devant.

Après, c'était leur chambre, à Tereza et lui.

Il ne s'y faufile que d'un pas ou deux, braquant sa lampe de-ci de-là, dans l'espace totalement vide. Ici, même la fenêtre a disparu, si bien qu'on peut entendre bruire le feuillage des arbres proches.

Au fond et dans l'axe du couloir, la salle d'eau est presque telle qu'elle était lorsqu'ils sont partis. On a laissé l'évier et la baignoire sabot n'a pas été touchée. Le meuble étroit dont l'essentiel, des médicaments surtout, avait été emporté est toujours en place. Par terre, le petit tapis de bain, bleu avec des motifs rose vif.

Kouzma suit Gouri de près, jusqu'à l'effleurer parfois. Il glisse son regard partout, au-dessus de son épaule.

Ça doit faire drôle quand même, il dit à voix basse.

Gouri ne dit rien.

La porte au fond à droite est celle de la chambre de Ksenia.

Elle n'est que rabattue.

Gouri en saisit la tranche puis la pousse doucement. Elle pivote sur ses gonds sans difficulté. Il revient en arrière, obligeant Kouzma à reculer. Il balaye du faisceau de sa lampe la surface extérieure de la porte comme pour vérifier quelque chose.

Puis il s'introduit dans la pièce.

Ici aussi, on en a démonté la fenêtre et c'est comme si la nuit prenait possession des lieux.

Il éclaire un instant l'autre face de la porte, de haut

en bas, puis de bas en haut. Après, il inspecte l'ensemble de la chambre.
Seule, la bibliothèque d'enfant est encore là.
Elle s'est affaissée sur un côté et les six cases régulières qui la composaient sont devenues des sortes de losanges obliques. Dans l'une d'elles, il y a une revue de mode féminine avec sa couverture en papier glacé. Dans une autre, un recueil de chansons des Beatles, avec paroles et partitions musicales. Gouri se met à le feuilleter, la lampe torche coincée sous le menton.
Ça lui avait pris pas mal de temps mais Ksenia avait réussi à traduire l'ensemble des textes. Elle avait travaillé en secret jusqu'au jour où elle avait été fière de montrer le résultat à son père. Ils avaient regardé ça attentivement tous les deux et certaines paroles de chansons leur avaient semblé merveilleuses. À Kiev, il y a peu de temps, ils avaient reparlé une fois encore de *A Day in the Life* avec cette histoire de trous qui remplissent l'Albert Hall.
Il hésite, puis repose le recueil dans la case.

C'est un frémissement presque imperceptible qui les fait se retourner tous les deux, Kouzma et lui.
Gouri braque le faisceau de sa lampe vers le sol.
Une forme noire, presque sphérique, est calée dans l'angle du mur. Elle est secouée de légers tressaillements.
On dirait bien que ça bouge, dit Kouzma.
Ils regardent encore, en s'approchant un peu.
Un oiseau, murmure Gouri.
C'est un gros. Sans doute un corbeau.

Il est peut-être blessé.

Comme ils s'approchent encore, l'oiseau se dresse d'un coup sur ses pattes et, dans un froufroutement d'ailes, il prend son envol en leur rasant les jambes. Il tournoie quelques secondes dans la pièce. Gouri et Kouzma s'accroupissent, la tête enfouie entre leurs avant-bras repliés.

Saloperie de piaf, lâche Kouzma.

Au bout d'un moment, l'oiseau heurte l'un des murs et glisse au sol. Il se tient immobile un instant et, comme Gouri dirige la lumière vers lui, il s'envole à nouveau. Se cogne et tombe encore une fois.

Il faudrait l'aider à sortir, dit Gouri.

Je serais plutôt d'avis de le laisser tranquille. Il se débrouillera bien tout seul.

Ils se redressent tous les deux, doucement de peur d'effrayer le corbeau.

T'as vu où il était ? demande Gouri tout en maintenant le faisceau de sa lampe collée contre sa poitrine.

Non.

T'entends ça ?

Oui. Il est toujours là.

Ils restent immobiles, debout l'un à côté de l'autre, du côté de la porte.

Après tout, c'est qu'un piaf, souffle Kouzma sans oser bouger pour autant.

Un long moment s'écoule.

Je vais emmener la porte, finit par chuchoter Gouri.

Hein ?

La porte, je vais l'enlever de ses gonds, et puis après on partira avec.

Tu veux emmener cette porte ?
Oui. Tu pourras m'aider, si tu veux.
Ils continuent à parler à voix basse. Progressivement, Gouri se remet à éclairer un peu l'espace, la lampe tournée du côté de la porte.
Regarde, il dit.
Kouzma se penche pour observer.
Ce sont les marques de la taille de Ksenia. Ma fille. Tu vois là, à douze ans, treize, treize et demi, quatorze.
C'était sa chambre, ici ?
Oui. Et là, tiens, regarde.
Gouri éclaire une autre partie de la porte.
Un arbre, dit Kouzma. C'est drôlement bien dessiné.
Elle est douée pour ça aussi, dit Gouri.
C'est pour ça que tu veux emmener la porte ?
Ça, et aussi d'autres raisons.
Un temps.
Et là, qu'est-ce qui est marqué ?
Gouri éclaire l'endroit exact que désigne Kouzma.
Ça, c'est moi qui l'ai écrit. J'ai écrit ça le 26 avril 1986.
Kouzma lève un instant les yeux vers Gouri.
Et ça veut dire quoi ?
Dies iræ, jour de colère. C'est du latin. Tu veux bien tenir la lampe ?
Kouzma saisit la lampe torche. Gouri ouvre la porte au maximum pour pouvoir en enserrer de ses deux mains, bras presque tendus, les deux arêtes, intérieure et extérieure. Par petits allers-retours, il la libère sans difficulté de ses gonds.
Tu m'aides à la prendre ? demande Gouri.

Avec précaution, et sans cesser de craindre l'envol du corbeau dissimulé quelque part dans l'espace sombre, ils mettent la porte sur chant puis rejoignent le couloir, Gouri guidant la manœuvre depuis le devant.
Et l'oiseau ? demande Kouzma.
Tu as raison, chuchote Gouri. On va le laisser tranquille. Il est pas si mal ici.

Ils avancent dans le couloir et gagnent le palier. Ils posent un instant la porte contre le mur.
Tu veux récupérer d'autres choses ? demande Kouzma.
Gouri fait signe que non.
Il observe distraitement, d'un côté et de l'autre, la serrure de l'entrée qui a été forcée.
Quand tu y penses, fait Gouri. Deux ans et demi, et tout a déjà disparu. Quelle connerie.
Il éclaire l'autre entrée du même palier – celle de la famille Dementiev –, défoncée elle aussi.
Tout ce quartier a été nettoyé, dit Kouzma. Au moins pour ce qui est des étages inférieurs. Y'a plus rien.
Gouri tire vers lui la porte d'entrée qui se bloque en raclant bruyamment le sol. Il s'efforce encore un instant de la rabattre au mieux contre le dormant puis abandonne.
Ils reprennent ensemble la porte de Ksenia et descendent les deux étages.
Tu as de quoi la fixer comme il faut dans la remorque ? demande Kouzma.
Oui. Ça devrait aller.
Ils se retrouvent dehors, sur le perron de l'immeuble, les bris de verre crissant sous leurs semelles.

Gouri hésite à respirer à pleins poumons – comme il serait porté à le faire – l'air frais de la nuit.

La base de la porte est ajustée au fond de la petite benne, côté avant, emprisonnée à cet endroit par deux taquets métalliques. L'une de ses faces repose sur le rebord arrière de la remorque, dépassant d'un demi-mètre environ. À l'aide d'une corde, Gouri finit de solidariser l'ensemble.
T'auras quand même intérêt à bien la nettoyer, dit Kouzma en passant la lampe sur la porte, en plusieurs endroits.
Sûr que je vais la nettoyer.
Les halètements de Gouri tâchant de fixer la corde comme il faut.
Éclaire plutôt de ce côté, Kouzma. Je vois pas bien ce que je fais.
La lampe s'éteint.
Qu'est-ce que tu fabriques ? demande Gouri.
Chut, fait Kouzma dans un souffle de voix. Ne bouge pas.
Gouri se tourne dans la même direction que Kouzma et, comme lui, il voit la lumière trembler derrière les arbres tandis que se précise un bruit de moteur.
Une voiture, fait Kouzma.
Ils s'accroupissent derrière la moto.
Le bruit du moteur grandit.

Une camionnette, même. Ça a l'air de venir de ce côté.

Ils font silence.

Ils aperçoivent la forme noire d'une grosse camionnette qui passe à une trentaine de mètres, juste derrière les bosquets. Elle ralentit avant de disparaître doucement derrière le mur du théâtre.

Elle a dû s'arrêter sur la place, dit Kouzma.

Ils retiennent leur souffle pour essayer d'écouter.

Qu'est-ce qu'on fait ? s'inquiète Gouri.

Kouzma hésite un instant avant de répondre.

On va déjà reculer la moto derrière l'escalier, on sait jamais.

En trois ou quatre manœuvres, ils garent la moto et la remorque au plus près du mur, dans le renfoncement créé par l'avancée d'escalier.

Voilà, murmure Kouzma. Maintenant, je vais aller jeter un coup d'œil vers la place. Pendant ce temps-là, t'as qu'à rester par là, au milieu des arbres, un peu à l'écart. Tu vois là-bas, à quinze ou vingt mètres, dans la zone sombre. C'est un bon coin.

Bon, fait Gouri.

Kouzma tapote sur l'épaule de Gouri puis s'éloigne vers la place.

Gouri s'est glissé parmi les arbres comme lui a indiqué Kouzma et en marchant il a fait bruire le tapis de feuilles mortes. Maintenant, il se tient debout, immobile. Son front est moite et froid.

Des sons lui parviennent, claquements lointains, grincements étouffés, chuintements.

Il se sent fatigué. Ses jambes surtout peinent à le porter. Il hésite à s'asseoir à même le sol. Renonce. S'adosse au tronc d'un arbre.
Dans la pénombre, les branches prennent des formes étranges et plusieurs fois il cligne des yeux avec force pour reprendre pied dans la réalité.
C'est bien ici qu'il se trouve, à Pripiat.
En bas de chez lui.
Dans ces fourrés où – c'était hier – on se mettait à quatre pattes, on rampait même parfois, à la recherche d'un ballon égaré ou du meilleur endroit pour construire une cabane aux enfants.
Ici, dans le lieu des pas insouciants, parmi les allées tranquilles, emplies d'odeurs.
C'est un drôle de sang qui a bondi par les allées de chez nous/à l'encontre des roses et des haleines fraîches de femmes/C'est un sable assassin qui pour toujours grimpe aux écorces/et avance comme une langue jusqu'aux portes des maisons
Les mots arrivent et résonnent à ses tempes.
Comme une rengaine qui échappe à la pensée. Un rideau de lettres à l'avant des ruines.

Des bruits de pas. Et une silhouette, tout près.
Gouri, c'est moi.
Kouzma est contre lui.
Alors, demande Gouri.
Ils sont dans le théâtre. Deux gars. J'ai l'impression qu'ils vont charger un piano. Je les ai entendus parler de piano.
Ils se taisent un instant.

Et nous alors, qu'est-ce qu'on fait ? demande Gouri.
On va attendre. Dès qu'ils auront fini, on s'en ira. Comme ça, on risque rien.
Bon.
Je vais retourner là-bas. Dès qu'ils auront décampé, je viendrai te dire et on pourra partir nous aussi.
Un temps.
Tu peux rester là, si tu préfères. On les entendra bien quand ils décamperont.
Je reviens, dit Kouzma en disparaissant.

Gouri, à nouveau seul.
Il a renoncé à prendre appui contre l'arbre. Il a besoin de se savoir debout, en équilibre.
Il respire mal.
Il se sent pris dans un drôle de paysage, aux contours dessinés par les alentours autant que par lui-même, à l'intérieur.
L'entrelacs de la nuit et de nos pénombres.

Il y a, dans le sombre des lieux, de curieuses trouées.
Vers le haut, des fragments de ciel étoilé se faufilent parmi les frondaisons et c'est comme si l'univers dégringolait jusque-là pour se mettre à exister pour de bon, presque à portée de main.
Il faut un regard long et opiniâtre pour retrouver le jeu des profondeurs, éclatant soudain à la conscience, le temps d'une seconde à peine, comme en une bouffée de saveur.
Et il y a de l'inconfort dans ce vertige.

Gouri, le regard long et opiniâtre levé vers les bribes de ciel.
Son corps entier frissonne.
À cause, peut-être, des solitudes amoncelées.
Emboîtées comme des poupées gigognes. La sienne propre à Gouri, d'homme singulier ; celle de cette zone maudite, ce trou noir du monde ; celle aussi de son espèce, humaine, et de son vaisseau terrestre qui s'est fichu là, au cœur de l'immensité.
À moins que le tressaillement ne soit qu'une affaire de fraîcheur nocturne, légère mais tout de même tenace pour l'homme astreint à l'immobilité.
À la nuit/des feuilles de ciel gonflent les ramures/et les arbres s'enracinent dans un lointain éphémère/Au printemps/c'est l'univers entier qui fleurira
Fleurir.
C'était un des mots préférés de sa mère. Fleurir, faire fleurir. C'est une vraie fleur du ciel. Le ciel pour elle se ramassait tout entier dans la petite icône du salon devant laquelle elle priait chaque jour.
Qu'aurait-elle dit de ce ciel-ci ? De ce ciel muet, insondable, assombri par les arbres sales et les immeubles vides ? Quelle place aurait-elle su dénicher même à la plus modeste des fleurs ?

Les pensées de Gouri vagabondent, de moins en moins consistantes. Elles gravitent alentour de cette masse sans réalité qui renâcle à renvoyer la lumière.
C'est quelque chose comme le sentiment de l'abandon.
Qui recroqueville les bustes, replie les horizons.

À l'image de cette façade fantôme dont il sent maintenant tout le poids. Vers laquelle, pourtant, il renonce à lever les yeux ; ce rien du tout qui le surplombe, massif et désolé, plus fort que le cosmos et ses milliards de scintillements.
Avec ses dizaines de bouches noirâtres, bien alignées, s'ouvrant silencieusement vers lui pour un vent d'invectives définitives.
Et auxquelles se seront joints les battements d'ailes d'un gros corbeau égaré, qui pour son vol atrophié, désespéré, le tout dernier peut-être, aura choisi ce qui fut la chambre de Ksenia.
Gouri vacille sur ses jambes.
Ou peut-être n'est-ce qu'une impression.
Il faudrait qu'il marche, ça lui ferait du bien.

Mais il y a la peur, aussi.
Qui le fige.
Ravivée par intermittence par les bruits au lointain, en provenance du théâtre, de la place ou peut-être d'ailleurs.
Il est inquiet.
Kouzma ne devrait-il pas être revenu ? Et s'il lui était arrivé quelque chose ?
Mais, au fond, ce n'est pas Kouzma qui le tracasse. Kouzma, ce n'est pas si important. Qu'il meure, même, et ce ne serait qu'un petit drame de plus. Non. C'est pour lui-même qu'il éprouve cette peur. Lui, se tenant là, tapi dans les bosquets, attendant sans savoir, et dans l'impossibilité de faire comme si Kouzma n'existait pas.
Il envisage sa lâcheté.

Les horizons se replient encore un peu plus.

Et puis sa vue se trouble.
Son regard s'embue. Il y a cette humidité gagnant aux joues.
Ce doit être à force de vouloir traverser tout ce noir avec les yeux.
Voilà ce qu'il se dit, Gouri.
Mais, au fond, il sait bien que cette mouillure est d'une autre nature et le mensonge qu'il vient de se raconter lui arrache un petit éclat de rire, comme une moquerie de lui-même, qui se mêle à un curieux hoquet.
Bien sûr qu'il pense à Ksenia, à Iakov, à Grigori même, et à tous les autres. Tous nichés dans un coin de sa tête à lui dire hé là, mon vieux Gouri, tu vas quand même pas te laisser aller. Avec la chance que t'as eue de rester solide sur tes deux jambes. Toi, c'est pas comme nous, s'il te prend l'envie de profiter d'une belle journée et de déambuler tranquillement jusqu'en haut de Zamkova, t'as qu'à le décider et t'y vas. Ou si tu préfères juste rien foutre à siroter une bière sur Andreievsky, tu te dis, tiens oui, une bière ou deux pourquoi pas de ce côté-là, et tu le fais. Alors c'est sûr, t'as vraiment pas de raison de te faire du mouron.
Il pense à eux tous, drôlement fort. Mieux sans doute qu'il ne l'a jamais fait. Il serre même les poings comme pour retenir ses pensées vers chacun d'eux, toute cette compassion.
Mais cette fois, rien n'y fait. Et il n'est plus question de ces sortes de dignité.
Gouri pleure.

Avec des sanglots qui lui secouent les épaules et s'accompagnent parfois de glapissements brusques qui échappent à sa maîtrise.

Tu m'as appelé ?
La silhouette de Kouzma se dessine dans la pénombre. Gouri passe la manche de sa veste sur son visage et respire une goulée d'air.
Il m'avait semblé que tu m'avais appelé, dit encore Kouzma.
Ah.
Ça y est, ils ont foutu le camp. Tu les as entendus partir ?
Non.
Ils sont partis par l'autre côté. Ils ont embarqué le piano, je les ai vus faire.
On peut y aller, alors ?
Kouzma fait signe que oui.
Ils sortent du bosquet et rejoignent la moto. Gouri finit de nouer la corde autour de la porte chargée dans la remorque en position oblique.
Voilà, il fait. Ça m'étonnerait que ça bouge.
Il amène la moto devant l'escalier de l'immeuble.
On mettra le moteur en route après le petit pont du parc, dit Kouzma.
Et en silence ils gagnent l'arrière du théâtre puis, pour la deuxième fois, ils traversent la place, ne levant qu'à peine les yeux vers les nacelles figées de la grande roue.

Plus tard, ils franchissent sans encombre le pont de Martinovichi, sans avoir eu à attendre le départ des

deux gardes, en patrouille vers le sud au moment de leur arrivée.
Ils remarquent comme la lumière a changé sur la rivière immobile. La lune est plus basse sur l'horizon et une clarté tendre commence à poindre du côté de l'orient.
Une fois sur l'autre rive, ils s'arrêtent.
Sans lâcher la moto, durant quelques instants, ils observent le paysage et épient le silence parfait.
Dans la tête de Gouri, vide de toute émotion, des mots naissent et s'assemblent, comme à son insu.
Parmi eux, il en est quelques-uns qu'il décide de garder et qu'il se répète plusieurs fois en lui-même pour ne pas les oublier.

Le gouffre tend ses lèvres
Vers le sommet des solitudes
Et ce n'est pas une affaire d'homme

Sauf à emprunter à la vigueur du vent
lui qui chahute la chevelure des filles
même sachant
qu'il n'a nulle part ou revenir

Voilà, dit Kouzma en tournant le dos à la zone. Hein, Gouri.
Et ils se remettent en route.

Kouzma a sauté de la moto au croisement de Marianovka, sans attendre que Gouri ait complètement stoppé.
Qu'est-ce que tu fais, Kouzma ? demande Gouri.
Je m'arrête ici.
Ici ? Tu ne veux pas que je t'emmène quelque part ?
Je vais me débrouiller.
Gouri le regarde, le front plissé.
Bon. C'est comme tu voudras.
Kouzma pose sa main sur la porte.
Ça a bien tenu, on dirait.
On dirait.
Ils évaluent un moment l'installation.
Tu retournes à Kiev ? demande Kouzma.
Oui. Enfin, je vais faire le détour par Chevtchenko et puis après je rentrerai à Kiev.
Bon, alors. Bonne route.
Gouri opine en silence, un peu embarrassé.
Et merci pour le coup de main, il fait.
Kouzma hausse les épaules puis s'éloigne en direction de Bober. Après avoir parcouru une quinzaine de mètres, il se retourne, souriant, et adresse à Gouri un petit signe du bras. Peu après, il enjambe le fossé qui borde la route et disparaît entre les arbres.

Les volets bleus de la maison n'ont pas été fermés. La flamme d'une bougie tremblote derrière la fenêtre de la chambre occupée par Iakov et c'est la seule lueur donnée à la façade sombre.
Gouri a laissé sa moto un peu plus loin, pour éviter de déranger.
Il franchit le portail et se glisse dans l'allée qui longe la maison. Vers le fond du terrain, la tôle des remises luit de l'humidité nocturne. Au-delà, le jour naissant souligne déjà les contours de la forêt. Sur les terres noires et nues se poseront bientôt, en nappes, les premières brumes.
Il avance jusqu'au puits. Dans le seau métallique, il reste un fond d'eau. Il y trempe les mains, les frotte vivement l'une contre l'autre. Les secoue un peu à l'écart du seau, puis les trempe à nouveau et les passe sur son visage en massant le front et les tempes.
Il revient vers la porte d'entrée.
Il traverse la grande pièce aux étagères, puis se glisse derrière le rideau. La table n'a été débarrassée que d'une partie de la vaisselle du dîner. Les verres, les bouteilles aussi, sont toujours là et l'odeur du chou est encore forte.
Il avance vers le couloir et pousse la porte de la chambre de Iakov.
Iakov, chuchote Gouri en entrant dans la chambre.
Iakov ne répond pas. Gouri peut entendre son souffle rapide et entravé. Il remarque aussi la ligne de la nuque, étrangement brisée, si bien que seul l'arrière du crâne repose sur l'oreiller. Il attrape la chaise, prend place à côté du lit comme il l'avait fait la veille au soir.

Il reste un moment silencieux et immobile.
Alors, dit soudain Iakov sans bouger, les yeux toujours fermés.
Gouri pose doucement sa main sur le bras de Iakov.
Je suis revenu.
Alors, répète Iakov.
J'ai récupéré la porte.
La porte de Ksenia ?
Oui. Je l'ai. Elle est dans la remorque.
Bon, dit Iakov.
Puis il se met à tousser avec peine, en grimaçant.
Tu l'as bien attachée, au moins ? il demande après un temps.
Oui, dit Gouri. Je l'ai vraiment bien calée. Ça bougera pas. Jusqu'à Kiev, ça bougera pas.
Bon. C'est tant mieux.
Iakov s'efforce plusieurs fois de déglutir, perdant le fil normal de sa respiration.
Et Pripiat ? il finit par demander.
Gouri dit que c'est bien comme le raconte Kouzma. Et puis, comme il lui semble que Iakov se tient dans l'attente de plus de détails, il raconte comme ça lui vient, en peu de mots, la grande roue, les voleurs de piano, les arbres que l'on pourrait croire inchangés, les appartements dévastés, le poids de la solitude, le corbeau dans la chambre de Ksenia.
C'est étrange, dit Iakov.
Quoi ?
Le corbeau. Je crois qu'il y en avait un dans mon rêve, il y a un instant. Enfin, je ne sais plus. Quelle heure ?

Le jour commence à se lever. Il doit être vers les six heures.

Iakov entrouvre les yeux.

Je suis fatigué, il dit.

Je vais te laisser te reposer. Je peux revenir plus tard, si tu veux.

Reste.

Iakov désigne l'oreiller d'un signe du pouce et Gouri l'aide à se redresser un peu.

Ça va aller, fait Iakov.

Gouri hoche la tête pour approuver.

On se met au boulot ? il demande.

On s'y met. Dans le tiroir de la commode, tu vas trouver ce qu'il faut.

Gouri ouvre le tiroir, attrape deux feuilles de papier et un crayon puis reprend sa place à côté du lit.

Un temps.

C'est pas facile, dit Iakov.

Sûr que c'est pas facile, dit Gouri.

On s'est jamais trop dit les choses, avec Vera. C'est pour ça. Mais maintenant, c'est différent. J'aimerais bien écrire quelque chose de gentil pour elle. Tu comprends. Quelque chose qu'elle pourra lire quand je serai passé et que ça lui fera du bien de le lire. Qu'elle pourra même garder avec elle, si elle veut, comme ça dans la poche de son tablier pour se le relire de temps en temps et se souvenir de tout ça. Comme on s'aimait bien tous les deux. Voilà, c'est ça que j'aimerais faire pour elle. Enfin, j'aimerais qu'on le fasse tous les deux, Gouri.

On va le faire.

Un silence entre eux.

Et quand on aura trouvé les mots pour ça, dit Iakov, je les recopierai moi-même sur une feuille. Une feuille bien blanche. J'écrirai le mieux que je pourrai. Ce sera pas aussi bien écrit que si c'est toi, mais comme ça, ce sera mon écriture à moi. Ça lui fera plaisir d'avoir mon écriture à moi, hein, Gouri ?
Tu parles que ça lui fera plaisir. Rien que ça, ce sera déjà un beau cadeau.

Dans la chambre de Iakov, la lumière a grandi doucement et puis ça a été vraiment le matin.
À un moment, Gouri a soufflé sur la bougie.
À un autre moment, Vera s'est approchée doucement dans le couloir et a passé la tête un court instant dans l'embrasure de la porte. Ni Iakov ni Gouri ne l'ont aperçue.
Et puis, avec de la peine, Iakov a réussi à s'asseoir dans son lit, s'adossant aux oreillers arrangés par Gouri.
Gouri a saisi dans le tiroir de la commode le paquet de feuilles et l'a disposé sur les genoux de Iakov.
Sur la feuille propre et immaculée du dessus, Iakov a recopié les mots.
Après, il est resté silencieux, à les relire et à les relire encore. Une ou deux fois, il a jeté un coup d'œil vers Gouri et leurs regards se sont croisés.
À force, la tête de Iakov a fini par basculer vers l'arrière et il a été vaincu par le sommeil.
Gouri a attendu, immobile, plusieurs minutes.
Puis il a pris doucement la feuille des mains de Iakov et l'a pliée en quatre. Il l'a glissée dans une enveloppe

qu'il a trouvée dans le tiroir de la commode. Il a remis l'enveloppe, cachetée, sous la main de Iakov.

Gouri quitte la maison sans faire de bruit.
Vera n'est pas là.
Elle n'est pas non plus dans le jardinet dont il fait le tour avant de passer le portail.
C'est encore une belle journée. Le soleil rasant fait à toute chose des ombres longues et, au loin, les frondaisons étincellent.
Gouri retrouve sa moto, inspecte son chargement, vérifie la solidité de l'attelage.
Il met le moteur en marche.

Au bout du village, juste avant la forêt, il distingue une silhouette.
Durant un moment, il croit que c'est Vera et il est content à l'idée de pouvoir la serrer dans ses bras.
Mais en s'approchant, c'est Piotr qu'il finit par reconnaître. Il s'arrête à sa hauteur et ils se dévisagent un instant en silence.
Au revoir Piotr, dit enfin Gouri.
Piotr ne répond rien. Il se penche vers le sol et ramasse un caillou. Il regarde à nouveau vers Gouri. Puis il arme son bras.
Au dernier moment, il fait pivoter son buste et jette le caillou en direction des arbres avec toute la force dont il est capable.
Lui et Gouri en suivent la trajectoire des yeux aussi longtemps que possible.

DU MÊME AUTEUR

Radeau, La Fosse aux ours, 2003
Léger fracas du monde, La Fosse aux ours, 2005
La Manifestation, La Dragonne, 2006
L'Impasse, La Fosse aux ours, 2006
Cairns, La Dragonne, 2007
Apnées, La Fosse aux ours, 2009
Cour Nord, Rouergue, 2010
Le Héron de Guernica, Rouergue, 2011

Ce livre a été publié avec le soutien de la
Région Rhône-Alpes

RhôneAlpes

Achevé d'imprimer en août 2012
sur les presses du **Groupe Horizon**
200 avenue de Coulin
13420 Gémenos-F

N° d'impression : 1207-063

Dépôt légal : août 2012
Imprimé en France